AF319000

LA
MALICE DES FEMMES,

OU

LES FOURBERIES FÉMININES,

Ouvrage contenant nombre de traits comiques et divertissans, de stratagèmes, de tours d'adresse, de reparties, d'exemples de présence d'esprit, de ruses, de tromperies et d'infidélités du sexe..

Publié par un Indiscret.

Car, voyez-vous, la femme est, comme on dit, mon maître,
Un certain animal difficile à connaître,
Et de qui la nature est fort encline au mal.
MOLIÈRE (Dépit amoureux).

ORNÉ DE GRAVURES.

PARIS.

GAUTHIER, LIBRAIRE-ÉDITEUR,
Quai du Marché-Neuf, 34.

JUILLET.

LE LION
Est le cinquième signe du zo-

terre, née le 24 mai 1819,
duc de Kent, frère puîné
et de Marie-Louise
Cobourg, sœur du

‑ALBERT, comte de Paris,
24 août 1838.
PPE‑‑LOUIS‑EUGÈNE‑FERDI‑
ans, duc de Chartres, né à
vembre 1840.
‑PHILIPPE‑RAPHAEL, duc de
à Paris le 25 octobre 1814,
oud le 27 avril 1840, à la
ICTOIRE DE SAXE‑COBOURG,

DINAND ‑ PHILIPPE ‑ LOUIS ‑
de Joinville, né à Neuilly
8.

SEPTEMBRE.

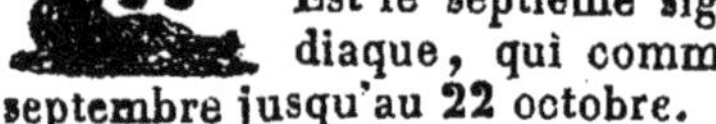

LA BALANCE
Est le septième signe du zo‑
diaque, qui commence le 22
septembre jusqu'au 22 octobre.
Ceux qui naissent sous cette constella‑
tion sont d'un caractère doux et pacifique,
sans cependant jamais transiger avec la
lâcheté et le déshonneur. Le beau sexe,
enclin un peu aux plaisirs, mais doué
d'une grande

LA
MALICE DES FEMMES,

OU

LES FOURBERIES FÉMININES.

Quand Lise parut à la cour,
On crut voir la mère d'Amour.
Chacun s'empressa de lui plaire,
Et chacun l'avait à son tour,
Et n'en faisait aucun mystère.

Paris. — Imprimerie Le Normant, rue de Seine, 8.

LA
MALICE DES FEMMES,

OU

LES FOURBERIES FÉMININES,

Ouvrage contenant nombre de traits comiques et divertissans, de stratagèmes, de tours d'adresse, de reparties, d'exemples de présence d'esprit, de ruses, de tromperies et d'infidélités du sexe.

Publié par un Indiscret.

Car, voyez-vous, la femme est, comme on dit, mon maître,
Un certain animal difficile à connaître,
Et de qui la nature est fort encline au mal.

Molière (Dépit amoureux).

ORNÉ DE GRAVURES.

PARIS.

GAUTHIER, LIBRAIRE-ÉDITEUR,
Quai du Marché-Neuf, 34.

1841.

AUX LECTEURS.

Si le diable est plus malin que la femme, dit un ancien proverbe, c'est qu'il est plus vieux.

Ne croyez pas cependant, chers lecteurs, qu'en vous offrant ce livre j'aie voulu faire la critique générale de ce sexe qui parfois nous fait enrager tout en faisant nos délices. S'il est quelques femmes dont la conduite est blâmable, combien en est-il aussi dont on ne saurait trop faire l'éloge? Bonnes épouses, bonnes mères, elles sont l'exemple de ce qu'il y a de plus parfait.

Quant à celles dont je rapporte quelques traits, nous ne pouvons être leurs dupes que lorsque nous ajoutons foi à leurs fausses protestations. Malheur à ceux qui les écoutent! Cela a été de tout temps, et le sera encore, tant que l'on mettra l'amour à l'enchère.

LA
MALICE DES FEMMES,

ou

LES FOURBERIES FÉMININES.

Une loi de Zaleucus, à Locres, dans la Grande-Grèce, portait que l'on couperait le nez à la femme qui aurait été surprise en adultère, et une loi des Égyptiens ordonnait que l'homme surpris dans le même crime eût les yeux crevés.

Si l'on ressuscitait ces lois vieilles et dures,
   On verrait en beaucoup de lieux,
A moins que le coupable eût bien pris ses mesures,
Bien des femmes sans nez et des hommes sans yeux.

Un homme qui partageait le sort de bien des maris de la capitale, sans être doué de la même résignation, voulut se séparer de sa femme. Le jour convenu, on fit venir celle-ci à une assemblée de parens chez le magistrat. Les discussions furent si longues, qu'il était très-tard lorsque la séance finit

1.

sans qu'on décidât rien. Au bout d'une heure, la femme revient, et dit au magistrat que les portes du couvent qui, suivant l'usage, lui servait de demeure jusqu'à la décision de l'affaire, étant fermées, elle le prie de lui accorder un asile pour elle et son domestique, afin de ne pas être exposée à de nouveaux soupçons de la part d'un mari jaloux. Après quelques réflexions d'un côté et beaucoup d'instances de l'autre, le juge fait préparer dans son hôtel deux chambres convenables. Le lendemain, un frère du mari, arrivant chez le magistrat, reconnaît sous la livrée de son frère l'amant de sa belle-sœur qui lui donnait le bras pour monter dans un fiacre. Stupéfait et de l'apparition et du costume que portait le galant, il va demander à l'homme de robe pourquoi il rencontre à sa porte et l'épouse infidèle et l'homme qui causait la désunion des époux. On peut se figurer la surprise du magistrat, en voyant que sa complaisance l'avait conduit à être l'entremetteur de la passion adultère d'une épouse coupable et audacieuse. Il faut convenir qu'en affaires d'amour les femmes possèdent au plus haut degré le génie in-

ventif qui sait triompher de tous les obstacles.

———

Un jeune homme d'une famille distinguée, à peine sorti des mains d'un gouver-
neur qui l'entretenait dans une vertueuse
ignorance, devint amoureux d'une des courtisanes les plus éhontées. Il faisait fort gravement l'amour dans toutes les règles ; il avait
bonnement cru avoir besoin de gagner une
soubrette, èt comme il avait beaucoup de
précautions à prendre, parce que ses parens n'étaient pas gens à pardonner une
passion de cette espèce, il s'était procuré à
grands frais un entrepôt pour les lettres et
les présens. Il n'avait encore eu que le bonheur de lorgner et d'être lorgné. Son extrême
timidité n'avait osé tenter un abordage qu'il
s'imaginait être terrible. Mais enfin les ré-
ponses à ses billets commençaient à devenir
si tendres et si encourageantes, qu'au sortir
du spectacle, où il avait aperçu sa belle,
plus hardi que jamais et tout fier de tant
d'audace, croyant commencer, de cet instant
seulement, à être un homme du monde et à
bonnes fortunes, il s'ouvrit à un de ses do-

mestiques, et lui ordonna de suivre cette dame jusque chez elle, de la saluer de sa part, et de lui demander à quelle heure elle voudrait recevoir sa visite. Le domestique, beau garçon, suit à la trace, arrive, entre, ignorant qu'il est suivi pas à pas de son maître, à qui le cœur palpite autant de crainte que d'espoir. Celui-ci se glisse dans la maison, monte l'escalier, et se colle à une porte que la belle a fait refermer après l'introduction du beau laquais. On a souvent sujet de se repentir d'avoir écouté à une porte. « Madame, monsieur le chevalier me charge de vous saluer de sa part, et de vous demander à quelle heure il pourra venir vous.... —Quoi ! venir ? une heure ! Votre nom, mon ami... —Labrie, Madame... —Mais, Julie, savez-vous bien que Labrie est l'un des plus jolis garçons que j'aie jamais vus ? quels cheveux ! quelles dents ! quelle taille ! il a la force d'un Turc et la peau comme du satin !... Julie, tournez la clef de cette porte... Votre maître est donc bien pressé ?... Mais, mon enfant, les diamans qu'il m'envoya hier sont si petits ! Pourtant je ne veux pas le désespérer... C'est ce jeune homme fluet, n'est-ce pas ? — Oui, Madame... — Oh ! pour voir, déclare-moi, mon cher.... Cette Julie se fourre toujours je ne sais où..... Et ton message est un grand secret pour la maison ? — On m'a recommandé le plus grand mystère... — Tu sais donc garder un secret ? eh bien, je veux t'en confier un... Fort bien comme cela... Labrie est adroit... Il fait si chaud ! ôte-moi cette épingle.... celle-ci.... soutiens-moi... Mais je serais mieux assise, je ne vis que sur mon canapé.... Comme tu es fait ! Assieds-toi près de moi ! plus près encore ! C'est cela !.. L'aimable garçon !... M. le chevalier n'y tenant plus (on perd patience à moins), veut entrer. La porte résiste. Julie accourt au bruit par un autre côté, l'attire dans une chambre séparée, interroge, répond, et pendant ce temps-là Labrie s'esquive. On sonne : « Quel bruit est-ce donc ? dit une voix maussade. —M. le chevalier, qui croit que son domestique est ici, et qui veut entrer. — Bon Dieu, ce M. le chevalier veut-il, dès la première visite, m'empêcher de m'habiller, me surprendre à moitié nue ?... Faites attendre un instant. » Le jeune homme entendant quel-

qu'un qui descend l'escalier, sort, court,
joint Labrie à quelques pas de là. — « C'est
ainsi que tu fais mes commissions? J'ai tout
entendu, je te rouerai de coups.—Eh! Monsieur, mettez-vous à ma place ; croyez que,
malgré les deux louis que l'on m'a donnés et
que voici, je vous aurais tout avoué avec fran-
chise. Hélas! je ne pouvais pas faire mieux.
—Je suis d'une fureur! un domestique...
Je te chasse... Mais non, reprend le chevalier, j'ai tort... Voici deux autres louis,
tiens... la leçon vaut davantage. Où diable
allais-je placer de l'amour! » s'écria-t-il.
Dès cet instant il jura de ne plus se laisser
prendre aux charmes de ces syrènes impu-
diques.

———

Une jeune fille très-jolie était sur le point de
se marier; on ne pouvait assez admirer son air
virginal. Son prétendu soupe avec elle chez
ses grands parens ; elle suppose une incom-
modité, et se retire dans son appartement. On
croit procurer à son époux futur un avant-
goût du bonheur dont il doit jouir bientôt :
on le mène auprès de sa fiancée, pour savoir par elle-même des nouvelles d'une santé

qui doit intéresser un amant empressé de former le nœud conjugal. Le père et la mère entrent les premiers, suivis du prétendu. Quel spectacle pour leurs regards! Le père laisse d'effroi tomber la lumière; la jeune vierge était couchée avec un galant... On ne sera pas tenté de demander ce que devint l'aspirant à la couche nuptiale... Il quitta la maison, et l'innocente fut enfermée par ordre de ses parens.

Le bourreau avait accosté une de ces beautés ambulantes qui attiraient le soir, au Palais-Royal, les regards de tous les amateurs. Une autre, qui le reconnut, en avertit sa camarade. Celle-ci tourne le dos au galant, et lui dit avec dignité qu'une femme comme elle ne pouvait pas décemment montrer de la familiarité avec lui. Le bourreau, autant piqué d'avoir été reconnu que du propos de la princesse, lui répond : « Prends garde de tomber dans mes mains, tu t'en souviendras. — Et toi, réplique la Vénus ambulante, si le hasard t'amène jamais dans mes bras, je t'en ferai bien repentir! »

Un honnête marchand se permettait de fréquentes infidélités conjugales, et avait fait choix de sa servante, brune aussi jolie qu'éveillée. Il alla un soir souper en ville, et rentra deux heures plus tôt qu'il ne l'avait promis. Cependant tout le monde était couché : le silence qui régnait dans la maison lui fit naître l'envie d'aller rendre une visite secrète à sa douce cuisinière. Une lanterne sourde à la main, il se dirige à pas de loup vers la chambre où reposait sa Dulcinée, et, le cœur palpitant de désirs, il s'avance vers l'heureux grabat... Mais, ô catastrophe inattendue ! il voit la place qu'il croyait prendre occupée par un valet qui dormait, ainsi que sa chaste amante. Le marchand modère sa colère, afin de rendre sa femme témoin de l'indigne conduite de ses deux domestiques; il se retire aussi doucement qu'il était venu, et se rend sur le bout du pied dans la chambre de sa pudique épouse; il tire brusquement les rideaux du lit, et aperçoit... ô ciel! peut-il en croire ses yeux? il trouve sa chère moitié endormie auprès de son commis!

Une jeune femme d'une classe distinguée disait à son mari, toutes les fois qu'elle sortait, qu'elle allait au sermon. Un jour l'époux, se défiant de cet excès de dévotion, se rendit à l'église qu'on lui avait indiquée, et n'y trouva ni auditoire ni prédicateur. Au retour de sa femme, il la questionne et la prie le plus poliment du monde de lui donner quelques détails de ce qu'elle avait entendu. Celle-ci improvise sur-le-champ le sujet d'un sermon, et même se met à en réciter quelques passages. Le mari, convaincu que sa femme le trompait, l'interrompt tout à coup au milieu de son éloquent mensonge, lui déclare qu'il n'est plus temps d'en imposer, et s'emporte jusqu'à la frapper. La dame fait aussitôt mettre les chevaux à son carrosse, et promet à son mari que dans peu il aura de ses nouvelles. Elle va consulter son avocat, qui lui demande si elle a des témoins, et lui conseille, attendu qu'elle n'en avait aucun, de ne point poursuivre cette affaire. Elle rentre chez elle de fort mauvaise humeur. Son mari la plaisante sur sa consultation, et lui demande si elle a tiré bon parti du soufflet qu'elle a reçu. « Comme je n'en ai rien pu faire, répond-elle avec un geste très-expressif, je vous le rends. »

Une dame dont le mari était absent depuis plus d'un an, se trouvait, au retour de celui-ci, dansle neuvième mois de sa grossesse. Elle feignit d'être hydropique, et mit deux médecins dans sa confidence; ceux-ci persuadèrent au bonhomme qu'il fallait faire la ponction à sa femme, et l'engagèrent à la déterminer à se faire transporter hors de sa maison, pour lui éviter le spectacle d'une opération douloureuse sur une personne qui lui était si chère. L'adroite épouse joua parfaitement bien son rôle, et alla passer quelques jours chez un chirurgien, où son hydropisie se guérit très-heureusement. Au bout de neuf jours, elle revint chez son mari, qui lui fit, pour la consoler, un beau présent, et récompensa l'habileté des médecins par celui de cent écus à chacun d'eux.

Une jolie fille était recherchée depuis quelque temps en mariage par un jeune homme chez lequel elle avait plusieurs fois remarqué quelques accès de brusquerie, mais dont elle espérait adoucir le caractère. Cependant, la veille du jour où le mariage devait se célébrer devant l'officier municipal, le prétendu s'emporta contre elle jusqu'à lui dire qu'elle n'était qu'une bête. Le lendemain, lorsque le maire demanda à la jeune fille : « Prenez-vous pour époux M....? — Oh! non, je ne suis pas si bête, répondit-elle » ! Et le futur se retira avec sa courte honte.

Un jeune homme que les fumées d'un dîner plus que raisonnable avaient mis en gaîté, s'était laissé prendre aux charmes d'une courtisane avec laquelle il avait fait prix pour passer la nuit. A peine eut-il posé la tête sur l'oreiller, qu'il s'endormit profondément. Elle cependant, qui n'avait pas les mêmes raisons pour se reposer, se disposa à aller au bal de l'Opéra, et partit. Au bout de quelques heures, il se réveille, il cherche auprès de lui, et se voyant seul, il n'a plus qu'un désir, celui de la vengeance. Se doutant, d'après quelques mots qui lui reviennent à la mémoire, que sa belle était à l'Opéra, il y court sous un costume de domino, et la trouvant en conversation avec un cavalier, il lui dit à l'oreille : « Vous avez sans doute cru laisser une bassinoire dans votre lit ; c'est tout le contraire. » Ces mots l'inquiètent, la troublent ; elle retourne chez elle, et s'aperçoit, à certaines traces d'humidité, que le domino lui avait dit la vérité.

Un homme fort riche, qui avait une femme de mœurs plus que légères, fut obligé de faire un voyage assez long : elle profita de son absence pour se livrer à toutes ses fantaisies. Le dérangement de sa conduite fut si public, qu'il vint aux oreilles de ses parens, qui lui en firent des reproches. Elle leur promit de changer sa façon de vivre, mais ne le fit qu'en apparence : elle loua une petite maison, et y faisait souvent de ces soupers libres où la décence n'est pas toujours respectée ; elle avait surtout un goût décidé pour le vin de Champagne, et n'ignorait pas que son mari en avait d'excellent ; mais comment en faire sortir de la maison sans mettre le maître d'hôtel dans la confidence ?

Un de ses galans lui fournit un expédient :
« Feignez, lui dit-il, d'avoir une de ces
maladies auxquelles votre sexe est malheureusement assujetti ; envoyez-moi chercher
comme médecin étranger. Je ne suis point
connu de vos domestiques, je me déguiserai,
et je me charge du reste. » Ce qui fut dit fut
fait. Le médecin est appelé : après bien du
verbiage, il demande le vin de Champagne
le plus vieux et le meilleur ; il prescrit de le
faire bouillir avec une poudre qu'il dit avoir
beaucoup de vertu, et ordonne à Madame de
s'en faire tous les jours un bain. Son ordon-
nance est exécutée. Le maître d'hôtel appor-
tait tous les matins, pour la santé de Madame, trois bouteilles de l'excellent vin de
Monsieur. La femme de chambre, qui était
dans la confidence, les envoyait à la petite
maison ; par ce moyen on vit la fin de la cave.
Le mari, à son retour, donnant un grand
souper, demanda de son bon vin de Champagne : « Il n'y en a plus, lui dit-on. —
Comment ! j'en ai laissé plus de deux cents
bouteilles ! — Cela est vrai, répondit le maître d'hôtel en s'approchant de l'oreille de
son maître ; mais Madame, dans sa maladie,

s'en servait tous les matins pour... — Parbleu, s'écria le mari, je ne suis plus étonné qu'il ait fait tant de sottises, puisqu'il s'enivrait tous les matins. »

Pendant la quinzaine de Pâques, une actrice étant allée jouer dans une ville de province, un jeune homme se présenta chez elle un matin, et lui fit l'offre de tout ce qu'il possédait, son cœur et vingt-cinq louis. L'actrice, le regardant avec dignité, lui dit d'un ton imposant : « Jeune homme, gardez votre « hommage et vos vingt-cinq louis; si vous « me plaisiez, je vous en donnerais le « double. »

Deux courtisanes, logées depuis quatre ou cinq mois dans un hôtel garni près d'un couvent de capucins, avaient remarqué un religieux âgé d'environ vingt-sept ou vingt-huit ans, grand, fait au tour, frais comme une rose. Comme il fréquentait l'hôtel, il reçut plusieurs fois l'accueil et les honnêtetés de ces deux femmes. Elles l'accoutumèrent à les venir voir en lui donnant quelques aumônes et des rafraîchissemens. Elles lui firent souvent des agaceries ; mais il était trop simple pour se douter de leurs intentions. Sous divers prétextes, elles l'attirèrent à la promenade. Un jour, elles l'invitèrent à monter en voiture avec elles. Après beaucoup de refus et de remercîmens, il céda à leurs instances ; mais à peine fut-il monté, que les chevaux prirent la poste. Malgré les perquisitions qui furent faites, on ne put découvrir le lieu où ces deux dames avaient emmené le beau capucin.

———

Un mari plaisantait sa femme sur sa galanterie, et lui demandait lequel elle préférait de ses admirateurs : « En vérité, Monsieur, lui dit-elle avec un air d'innocence, « je suis absolument de votre caractère ; celui qui parle le dernier a toujours raison « avec moi.

———

Un étranger, venu à Paris, devint amoureux d'une fille connue par sa conduite déréglée ; il lui fit de nombreux cadeaux, et poussa la faiblesse jusqu'à lui donner une voiture attelée de deux bons chevaux. Tout cela fut bien reçu, mais tout n'était pas payé. Celui qui avait vendu le carosse va, entre midi et deux heures, trouver la petite princesse à son lever; et comme elle croyait que cet homme avait quelque grâce à lui demander, elle lui adresse quelques reproches sur ses chevaux, qui, disait-elle, ne savaient pas courir. Le marchand, jaloux de la réputation de ses bêtes, lui propose de les conduire lui-même, et ajoute que s'ils n'étaient pas dignes d'elle, elle choisirait la plus belle paire de son écurie. Elle lui permet d'être son cocher. Sur les boulevards, il invite la dame à descendre, de peur, dit-il, d'exciter la sensibilité de ses nerfs par les manœuvres hardies qu'il va faire exécuter à ses chevaux. Elle descend; mais à peine a-t-elle posé le pied hors de l'équipage, que les chevaux sont déjà bien loin. Honteuse d'être ainsi jouée, notre belle fut trop heureuse d'être reconduite par un de ses adorateurs qui se trouva là par hasard.

Une de ces femmes qui ne se piquent pas d'être plus fidèles à leurs amans qu'à leurs époux, était, une nuit, en tendre tête-à-tête

avec un nouvel adorateur de ses charmes, lorsqu'un fâcheux survint tout à coup et troubla
les plaisirs qu'elle s'apprêtait à goûter. Quel
était donc cet importun? l'époux, sans doute?
point du tout ; il était alors hors de France :
c'était un ancien amant favorisé, mais qui était
presque oublié parce que son amour datait
de huit grands jours. Les deux rivaux se
regardèrent en riant. « Il serait trop com-
« mun, dit le nouvel arrivant, de se couper
« la gorge pour notre maîtresse; cherchons
« quelque moyen plus neuf de décider auquel
« de nous deux elle restera cette nuit. » Après
beaucoup de plaisanteries, dont la dame était
l'objet tranquille, les deux rivaux convinrent
de jouer ses faveurs en un cent de piquet.
Certaine de ne point manquer de compagnie,
elle se mit au lit, attendant le résultat de la
partie qui allait mettre le vainqueur dans ses
bras. Un des deux joueurs fit quarante-cinq
points du premier coup, et parodiant la scène
d'Aldobrandin dans *le Magnifique*, il s'é-
criait à chaque instant : « J'ai déjà quarante-
« cinq points sur les faveurs qui me sont pro-
« mises. » Mais ces transports durèrent peu :
un repic fit passer son adversaire au comble

du bonheur, et lui adjugea la dame, qui lui dit le lendemain : « Vous ne faites de grands coups qu'au piquet. »

———

Une femme se désolait de ne pas recevoir de nouvelles de son mari, qui voyageait sur mer : personne n'osait lui annoncer qu'il avait péri, de peur de la mettre au désespoir ; enfin quelqu'un va la voir dans le dessein de l'en instruire. Elle l'entretient de sa douleur et de la crainte qu'elle a que son mari ne soit mort...« Et s'il l'était, que feriez-vous?—Ah! s'écria-t-elle avec vivacité, je me jetterais par la fenêtre aux yeux de celui qui m'en apporterait la nouvelle. » L'autre aussitôt se lève et va ouvrir les fenêtres de l'appartement. La femme comprit ce qu'il voulait dire, mais ses transports cessèrent à l'instant, et elle ne put même s'empêcher de rire de se voir ainsi prise au mot.

———

Le trait suivant montre à quel excès une femme peut porter la haine conjugale. Une provinciale, habitant une grande ville, se dégoûta en peu de temps de l'homme auquel l'hymen venait de l'enchaîner pour toujours.

Elle finit par concevoir pour lui une telle aver-
sion qu'elle imagina le projet le plus affreux
pour le perdre et s'en délivrer à jamais. Le
hasard lui avait fait découvrir qu'un criminel qui portait le même nom que son mari
avait excité la vigilance de la justice. Ce fut
sur cette ressemblance de nom qu'elle ourdit
la trame la plus noire. Afin d'exécuter son
odieux complot, elle commença par aban-
donner le domicile conjugal, et se rendit
secrètement à Paris. Après quelques mois
de séjour, elle écrivit une lettre d'excuses à celui qu'elle avait quitté si mal à
propos, et lui manda qu'elle avait gagné
à la loterie une somme considérable qu'elle
venait remettre dans ses mains, attendu
qu'elle craignait de n'avoir point assez d'é-
conomie pour savoir en faire un bon usage.
L'honnête époux s'empressa de se rendre auprès de la fugitive, se flattant qu'elle était re-
venue de ses erreurs. Mais quelle fut sa surprise, en arrivant dans la capitale, de se voir
arrêter et traîner dans un obscur cachot
comme un criminel ! A l'interrogatoire, il
n'eut pas de peine à prouver la méprise, et
apprit avec une extrême douleur que sa

femme, qu'il croyait devenue si raisonnable, en était la seule cause, parce qu'elle avait donné son signalement à la police, en prévenant qu'un homme condamné au bannissement perpétuel était de retour dans la capitale et enfreignait son ban. Le trop confiant mari fut bientôt mis en liberté et se hâta de retourner dans sa province, accablé de douleur et honteux d'avoir été si crédule. Sa perfide épouse, furieuse de se voir trompée dans son attente, et de n'avoir pu parvenir à le faire retenir dans les prisons, ne renonce point à l'espoir de la vengeance : elle le suit dans la ville où ils faisaient naguère leur séjour, et, là, forme une demande en séparation contre son mari, sous l'insidieux prétexte qu'ayant eu le malheur de se marier trop précipitamment, elle a depuis reconnu, à la flétrissure imprimée sur son épaule, qu'il avait été autrefois condamné au fouet, à la marque et aux galères. L'atrocité de cette nouvelle accusation ne tarda pas à se dévoiler, après toutefois que la justice eût rempli ses nombreuses formalités, si lentes et si injurieuses pour l'innocence opprimée. Il fallut que le mari se soumît à être visité par des

chirurgiens, qui, lui ayant frictionné l'é-
paule avec du vinaigre, déclarèrent qu'il n'a-
vait jamais été flétri par la justice. Les diffé-
rens tribunaux qui retentirent de cet horrible
procès ne purent qu'éprouver la plus vive
indignation contre une femme assez perverse
pour machiner une telle fausseté. On n'ap-
prendra pas sans étonnement qu'elle ne fut
condamnée qu'à de légers dommages et intérêts (300 fr.) et au blâme. La séparation
ne devait-elle pas être prononcée de droit?
C'est punir l'honnête homme qui faillit être
ajouté aux victimes des erreurs de la justice,
que de l'obliger à vivre avec un monstre qui
avait juré sa perte.

Un gentilhomme campagnard anglais, qui
était venu à Londres pour faire participer sa
chère moitié aux amusemens de la capitale,
s'étant aperçu qu'elle en prenait d'un genre
particulier qui n'était pas de son goût, et
qu'elle avait une intrigue avec un officier de
sa connaissance, prétendit qu'il était obligé
d'aller passer quelques jours chez un ami, à la
campagne, et partit en lui donnant les baisers

les plus tendres en apparence. Etant revenu et ayant trouvé son infidèle voluptueusement endormie dans les bras de l'officier, le campagnard, qui avait pris ses précautions, et qui avait ses domestiques avec lui, fit mettre les menottes aux mains, les fers aux pieds et des chaînes au cou du moderne Mars et de la Vénus agricole ; puis, unissant leurs fers par des chaînes fixées de toutes parts au châlit, il les couvrit décemment et envoya chercher leurs amis et connaissances auxquels il les présenta dans cette posture ; après les avoir gardés quatre jours dans cet état, sans leur donner autre chose que du pain et de l'eau, il les fit mettre en liberté et repartit pour sa terre.

Le chevalier de Kinsffi alla en bonne fortune chez l'épouse d'un magistrat distingué, avec laquelle il comptait passer une nuit délicieuse pendant l'absence du mari, qui habitait alors une de ses terres, d'où il ne devait revenir qu'au bout de huit jours. Mais il arriva que l'apparition imprévue du mari troubla l'amoureux tête-à-tête. Les deux amans,

enivrés des plaisirs que l'amour leur pré-
parait, se disposaient à s'y livrer. La femme
de chambre servit un souper délicat, ordonné par les soins de la dame. A peine
étaient-ils à table, qu'ils entendirent un grand
bruit à la porte de la rue. Quel contre-temps!
c'est le maudit époux. Notre amoureux se
cacha dans une garde-robe. Sa maîtresse l'assura qu'elle empêcherait bien que son mari
passât la nuit avec elle, et lui recommanda surtout de ne sortir de sa cachette que quand elle
sonnerait. On fit disparaître le souper et elle
se jeta promptement dans son lit. Le mari,
en entrant, s'informa gravement de l'état de
sa santé ; elle feignit une migraine, des las-
situdes dans les jambes, et toutes les petites
incommodités dont les femmes savent si bien
tirer parti dans l'occasion. Le mari voulut
souper, on lui fit mauvaise chère, et encore
avec humeur. Enfin, comme il commençait
à s'endormir dans son fauteuil, sa femme lui
conseilla d'aller se reposer. « Vous avez rai-
« son, lui dit-il en se frottant les yeux. Son-
« nez donc, je vous prie ! » Mais, ô surprise
cruelle, l'amante sonne son galant, au lieu
de ses domestiques. Le chevalier entre hardi-

ment dans l'appartement, elle l'aperçoit et frémit à sa vue ; mais, sans perdre la tête, elle se précipite sur les bougies qu'elle éteint à l'instant, s'écriant d'un air effrayé qu'elle a vu le diable. Le mari, qui tournait le dos, n'avait point aperçu l'amoureux, qui, sentant quelles pouvaient être les suites de ce quiproquo, voulut se retirer promptement, et tomba dans la garde-robe en faisant un bruit épouvantable. La femme de chambre, qui entendit tout ce vacarme, arrive en tremblant : « Qu'y a-t-il donc ? Madame.—Ah ! ma chère « Phrosine, dit l'épouse infidèle, apporte de « la lumière et cherche exactement partout ; « je viens de voir à la porte de ce cabinet « une figure qui m'a tellement effrayée que « je n'ai pu en soutenir l'aspect. J'ai voulu « me jeter dans les bras de mon mari, et j'ai « renversé les lumières en m'approchant de « lui... » En effet, dans cet instant, elle tenait son mari étroitement serré. L'adroite Phrosine apporta de la lumière avec précaution, et, voyant que tout était rétabli dans l'ordre ordinaire, elle aida sa maîtresse à sortir d'embarras... « — En vérité, Madame, « dit-elle, peut-on avoir de pareilles visions !

« Tenez, regardez maintenant ce qui vous a
« fait tant de peur, c'est la tête où je monte
« vos bonnets, sur laquelle votre petit laquais
« a mis la perruque de Monsienr.—Ah! que
« tu me soulages, Phrosine, dit la dame
« en soupirant : cet effroi m'a causé un trou-
« ble dont je suis encore toute émue ; il faut
« punir ce petit drôle-là de son espiéglerie.
« —Mais cependant, dit le mari, j'ai entendu
« derrière moi un bruit qui n'est pas naturel ;
« par précaution, visitons toujours la garde-
« robe.—Ce n'est pas la peine, reprit Phro-
« sine sans se déconcerter, le bruit que vous
« avez entendu provient d'un coffre que j'ai
« voulu tirer toute seule, et j'ai pensé me cas-
« ser la jambe en serrant une robe. » Le magistrat, qui avait eu peur de son côté, craignant
de laisser éclater les témoignages de son effroi, se mit à faire des reproches à sa femme
sur la faiblesse de son esprit et sur ses ter-
reurs paniques... « — Dormez, dormez ; le
« sommeil achèvera de vous guérir et de vous
« remettre les sens. » Il sortit enfin, et se retira dans son appartement. Ainsi le bonheur
des deux amans ne fut que retardé, grâce à
la ruse et à la présence d'esprit de la dame,

3.

si bien secondée par la femme de chambre qui était dans le secret.

————

Une ouvrière, jeune et jolie, était entretenue par un homme assez fortuné qu'elle trompait, ainsi que c'est l'usage. Sans en être parfaitement convaincu, il lui en avait fait plusieurs fois le reproche. Elle ne lui répondait que par les plus vives protestations d'attachement. Presque rassuré sur ce point, il l'accablait de cadeaux. Un jour qu'il lui avait promis de la conduire au bal, quel fut son étonnement de la trouver couchée! Inquiet, il en demande la cause. « Mon ami, répond-« elle, j'ai eu la fièvre toute la nuit; dans « cet instant, une migraine affreuse me tour-« mente et je ne suis pas bien. » Il lui conseille de voir un médecin, et offre même d'aller le chercher : « C'est inutile, je vais me reposer, « peut-être demain cela ira mieux. » Après l'avoir embrassée, le particulier la quitte et sort. Dans la soirée, il croit devoir venir s'informer de la santé de sa belle ; il frappe doucement d'abord : elle dort peut-être, se dit-il. Ne pouvant calmer son inquiétude, il frappe plus fort ; personne ne répond : il redouble. Alors le soupçon entre dans son âme ; il se propose de l'éclaircir le lendemain. Ne sachant que faire, il va au bal où il devait se rendre avec elle ; mais ô surprise ! il voit sa perfide maîtresse, mise avec la plus grande élégance, dansant et folâtrant avec un jeune homme que depuis longtemps il soupçonnait être son rival. Comme il n'avait pas été aperçu, il sort la rage dans le cœur, se rend au logis de la parjure dont il payait les termes, et ayant loué lui-même l'appartement, il en fait ouvrir la porte par un serrurier ; il envoie ensuite chercher des crocheteurs, et en moins de deux heures il ne reste pas un meuble, ni aucun des cadeaux qu'il avait faits. Avant de s'en aller, il laissa sur la cheminée un écrit contenant ces mots : « Mademoiselle, vous êtes si jolie, si franche et si aimable, qu'il vous est impossible de rester dans un appartement dont l'ameublement ne peut convenir à une personne telle que vous. J'ai en conséquence pris le parti de vous mettre à même d'en remplacer les meubles par de plus élégans. Vous trouverez sans aucun doute parmi vos adorateurs une personne qui s'empressera de vous en offrir; c'est ce que je souhaite de tout mon cœur. » A son retour, la belle, furieuse du tour qu'on lui avait joué, n'eut d'autre parti à prendre que d'aller coucher dans un hôtel garni.

Madame de *** avait pour amant un capitaine aux Gardes ; un des soldats de ce régiment, désirant avoir son congé, crut ne pouvoir se procurer une meilleure protection pour l'obtenir que celle de la dame. Malheureusement il prit mal son temps, et vint présenter sa requête lorsque le mari était présent. Madame de ***, très piquée de cette indiscrétion, reçut fort mal le soldat, et lui demanda d'un ton fier et dédaigneux quel motif pouvait l'avoir engagé à lui adresser une pareille demande. Le pauvre soldat, ne sachant que répondre, se retirait tout confus, lorsque M. de ***, qui était au fait de l'aventure, l'arrêtant par le bras : « Mon ami, lui dit-il, va dire de ma part à ton capitaine que s'il ne te donne pas ton congé sur-le-champ, moi je lui donnerai le sien. »

Un amant heureux faillit être surpris par un mari, mais de ces maris qui n'entendent point raillerie. Il se cacha dans une cheminée devant laquelle il y avait un tableau. Le mari, qui n'avait aucun soupçon et qui était rentré chez lui par hasard, mangeait une orange ; il voulut en jeter l'écorce dans la cheminée. Il allait lever le tableau, lorsque sa femme l'arrêta en lui disant : « Hé, Monsieur, l'écorce d'orange est ce que j'aime le mieux, donnez-la-moi. » Elle la prit, et sa présence d'esprit évita le plus fâcheux de tous les éclaircissemens pour elle et pour son amant.

———

Une jeune fille de dix-huit ans, qu'on voulait marier à un vieillard, dit à sa mère : « Que ferait-il de moi ? que ferais-je de lui ? » Par cette observation, elle évita un mariage qui lui déplaisait, et qui aurait indubitablement fait entrer le mari dans la grande confrérie.

———

Un homme extrêmement borné, ayant épousé une demoiselle très-laide, crut, le jour de ses noces, lui dire une douceur exquise en l'assurant que, toute laide qu'elle était, il l'aimerait autant que la plus belle personne du monde. — Et moi, lui répondit-elle, je vous aimerai autant, tout bête que vous êtes, que si vous aviez beaucoup d'esprit. »

Une femme âgée disait dans une société : « J'ai reçu tous les sacremens qui conviennent à mon sexe, excepté le mariage que je n'ai pas reçu en original ; mais j'en ai tiré bien des copies. »

Une jolie femme dont on saisissait les meubles, eut recours aux agaceries pour attendrir l'huissier. Ce suppôt de la justice y fut sensible; il promit tout à la dame, pourvu qu'elle ne lui fût pas cruelle. Pour éviter sa ruine, elle accepta le déshonneur. Le mari arriva au moment où elle se disposait à remplir sa promesse. La femme, au lieu de se déconcerter, lui dit : « Que ne payes-tu tes dettes ! je ne serais pas obligée de les acquitter. »

Un mari très-jaloux de sa femme, la veillait tellement de près, qu'elle ne pouvait faire un pas sans une vieille chambrière qui la suivait partout. Cependant la dame avait un amant. Comment se voir? Cela était fort difficile. Mais l'amour est inventif. Le galant lui fit savoir qu'il l'attendait dans une maison devant laquelle elle devait passer pour aller à la messe. Mais le moyen d'y entrer! Il avait gagné la propriétaire de la maison, qui, guettant la dame à son passage, jeta sur elle une potée d'eau. Aussitôt elle la fait entrer en lui faisant mille excuses et en disant à la vieille: « Ma bonne, allez chercher d'autres habits, tandis que cette pauvre dame se réchauffera. Ah! comme elle tremble! » La chambrière courut. Comme il y avait loin pour gagner le logis, les deux amans eurent le temps de passer ensemble d'heureux momens. « Où est ma femme? » dit le mari, bien étonné de voir la vieille ainsi seule et hors d'haleine. Alors la chambrière lui raconta la mésaventure qui venait d'arriver à sa maîtresse. « Ah! maudite vieille! je suis… trompé, c'est sûr, » s'écria-t-il; et il avait dit vrai. A quoi servent les précautions!

Un particulier que venait de quitter sa maîtresse dont il était très-amoureux, ayant appris qu'elle avait un nouvel amant, se rendit
chez elle et l'accabla de reproches. « De quoi
vous plaignez-vous, lui dit-elle de sang-froid?
Lorsque je vous ai pris, c'était sans con-
tredit le plaisir que je cherchais : j'en trouve
plus avec un autre; est-ce au moindre plaisir
que je dois donner la préférence? Soyez juste
et répondez-moi. » L'amant délaissé se retira
en maudissant l'effronterie de son ancienne
conquête.

Un homme âgé, voulant embrasser en
badinant une jeune personne, lui dit qu'elle
pouvait se laisser faire sans commettre aucun
péché. « C'est pour cela, répondit la petite
rusée, que je ne le veux pas. »

Un danseur de l'Opéra, rentrant tout es-
soufflé dans la coulisse, dit en se jetant sur
un siége : « Je n'en puis plus ! N'est-il pas
un autre emploi qui m'enrichisse sans tant
me fatiguer ?—Eh bien, répondit une de ses

camarades, il faut prendre l'emploi de cocu : c'est la femme qui en fait l'exercice. »

———

Une dame de quatre-vingts ans était à l'article de la mort. On lui donna un confesseur qui, en arrivant, voulut faire retirer tout le monde. « Non, dit-elle, ma confession peut se faire tout haut et ne scandalisera personne. J'ai été jeune, j'ai été jolie, on me l'a dit, je l'ai cru, jugez du reste.» Le confesseur ne se contenta pas d'un pareil aveu. Tout le monde s'étant retiré, il remplit son saint ministère.

———

Un mari ayant traduit sa femme en justice, comme coupable d'adultère, celle-ci présenta à ses juges la requête suivante :

Pour un crime d'amour dont je ne suis coupable
Que pour avoir le cœur trop sensible et trop doux,
Dois-je avoir un tyran sous le nom d'un époux,
Arbitres souverains de mon sort déplorable?

L'impitoyable auteur des maux dont on m'accable
Ose-t-il se servir de Thémis et de vous
Pour m'immoler bientôt à ses chagrins jaloux,
Et me faire périr pour être trop aimable?

Ah ! consultez , de grâce , et vos yeux et vos cœurs ,
Ils vous inspireront d'être mes protecteurs.
Tout ce que l'Amour fait n'est-il pas légitime ?
Et vous qui tempérez la sévère Thémis,
Pourriez-vous vous résoudre à châtier un crime
Que la plupart de vous voudraient avoir commis ?

———

Un gentilhomme amoureux d'une belle demoiselle était dans une compagnie où l'on admirait un petit garçon plein d'esprit, beau comme l'Amour. Le cavalier dit à sa maîtresse : « Ah ! que je voudrais bien vous avoir fait présent, par les mains de l'Amour, d'un enfant aussi beau que celui-là ! — Non pas moi, répondit-elle, car je n'aime point la besogne faite. »

———

Deux personnes causaient en présence d'une demoiselle qui était parvenue à l'âge de quarante ans sans se marier. Elle eut la curiosité de s'approcher et de demander le sujet de la conversation. « Nous parlons, dit l'une d'elles, d'une chose qu'une jeune fille ne doit point entendre. — « Ce que vous dites là, Monsieur, est fort déplacé, répondit-elle en colère; apprenez que je ne suis fille que de nom. »

———

Un prince assistait à l'office dans une des paroisses de Paris. Une très-jolie quêteuse se présente à lui en lui montrant la bourse. Le prince, très-galant, tire un double louis et le donne en lui disant : « Pour vos beaux yeux. » La jeune personne, très-spirituellement, lui présentant une seconde fois la bourse, lui dit en lui faisant la révérence : « Monseigneur, et pour les pauvres ? — C'est juste, répondit le prince », et il doubla son offrande.

———

Une dame, en tête-à-tête avec son amant, fut surprise par l'arrivée de son mari. Elle n'eut que le temps de faire cacher le premier dans une grande boîte à pendule. Comme il avait arrêté le balancier, la dame répéta plusieurs fois tic-tac, ce que comprit l'amoureux, qui imita tant bien que mal le bruit que fait le mouvement d'une pendule. Le mari, qui n'était venu que pour prendre des papiers, s'en retourna sans le moindre soupçon. Ainsi, par sa présence d'esprit, la dame détourna l'orage qui commençait à gronder sur sa tête.

———

Au mariage d'un prince, la ville de Paris dota plusieurs filles qui furent mariées le même jour. Une jeune fille se présenta à l'Hôtel-de-Ville pour se faire inscrire au nombre des jeunes mariées. On lui demanda où était son prétendu et pourquoi il n'était pas venu avec elle. « Je n'en ai pas, répondit-elle ; je croyais que la ville fournissait tout. » A cette réponse naïve, on ne put s'empêcher de rire. Ayant pris sur la moralité de cette jeune personne des informations qui furent toutes en sa faveur, on la maria avec un bon ouvrier qui la rendit très-heureuse.

———

Un jour, une dame vint trouver un avocat, afin de le consulter pour se séparer de son mari. « Quel peut être le motif qui vous engage à faire une pareille démarche ? lui demanda l'homme de loi. Seriez-vous malheureuse ? vous maltraite-t-il ?— Non, Monsieur, bien au contraire. Le motif qui m'engage à me séparer de lui, c'est que, je vous l'avouerai, mon mari n'est pas un homme. —Comment, depuis que vous êtes mariée, ne vous êtes-vous pas aperçue de ce dont vous vous plaignez aujourd'hui?—Mais, Monsieur, dit-elle en soupirant, ce n'est que depuis quinze jours qu'il est comme cela. » L'avocat lui conseilla, en souriant, d'attendre encore quelque temps, persuadé que le mari parviendrait à rétablir sa réputation.

—————

Une dame, propriétaire d'un château, vit un jour entrer chez elle plusieurs jeunes filles du village, qui la prièrent d'avoir la bonté de leur prêter des robes blanches. « Eh! pourquoi faire, mes enfans? dit la dame. » L'une d'elle, prenant la parole, lui dit : « Comme c'est dimanche prochain la fête du village, M. le curé est bien aise que nous nous déguisions en vierges. »

—————

M. V*** avait une femme extrêmement galante, et dont les désordres étaient tellement publics qu'il voulut la faire enfermer;

mais elle prévint son dessein, et s'enfuit avec un jeune officier. Le mari promit une forte récompense à celui qui pourrait lui en donner des nouvelles. On fit sur la fuite de la belle les vers suivans :

Connaissez-vous Monsieur V*** ?
Sa femme, chevalière errante,
Dans Paris hier s'égara ;
Il promet mille écus de rente
A celui qui..... la gardera.

Un colonel, absent de la capitale depuis deux ans, n'ayant pu obtenir de congé, avait été obligé de rester avec son régiment dans la ville de ***, en Provence. Son épouse, jeune et jolie femme, avait tellement mis à profit son veuvage momentané, qu'elle en avait éprouvé les rigueurs de Vénus. Au moment où elle s'y attendait le moins, elle reçoit une lettre qui lui annonce l'arrivée du colonel, qui lui mande qu'il s'arrêtera seulement vingt-quatre heures à Lyon pour affaires de son régiment. Quel coup de foudre ! Dans l'état où elle se trouvait, comment recevoir les témoignages de sa tendresse ? Le temps lui manque pour avoir recours aux remèdes. Dans son embarras, elle consulte un de ses anciens galaus, qui était ami de son mari : « Tranquillisez-vous, lui dit-il, je me charge de tout; il ne sera à Lyon que dans huit jours : je pars avec le chevalier, qu'il connaît beaucoup. Nous emmenons avec nous trois nymphes de la santé desquelles je réponds. Nous arrivons, nous fêtons le retour de votre mari, et ce serait bien le diable si, à la suite d'un bon repas, il jouait le rôle du chaste Joseph. Tel est mon plan, c'est à vous à faire le reste. » L'épouse infidèle comprit aisément que c'était son seul moyen de salut. Nos deux roués et compagnie se mettent en route, arrivent à Lyon, descendent dans l'auberge indiquée, où était déjà rendu le colonel. Grands embrassemens, grandes félicitations. « Mon cher, dit l'auteur du projet, nous aurions cru manquer à l'amitié, si nous n'avions pas devancé ton arrivée à Paris pour t'embrasser les premiers, le chevalier et moi. Ces dames, auxquelles nous avons parlé de toi et fait ton éloge, ont bien voulu être nos compagnes de voyage. Mais mettons-nous à table, et célébrons, le verre à la main, ton heureux retour. » Le colonel demande des nouvelles de son épouse; on la lui dépeint triste et languissante depuis son départ : on lui vante sa tendresse pour lui, on dit qu'il n'a fallu rien moins que sa lettre pour lui rendre la santé. On se met à table; pendant le repas, on se livre à la plus grande gaîté; on chante, on fait des folies; on en rappelle quelques-unes dont les trois amis sont les héros. Le vin de Champagne n'est pas épargné; les têtes se montent, la galanterie succède : enfin, l'on fait tant, que le colonel oublie sa femme. L'heure du repos arrive, et chacun va se livrer, non pas au sommeil, mais au plaisir que procure la débauche. Le lendemain, nos trois couples partent pour Paris. Le colonel, qui avait complétement oublié l'orgie de Lyon, témoigne la plus grande tendresse à son épouse; elle, de son côté en fait autant : mais quelques jours après elle accuse son mari de lui avoir communiqué une honteuse maladie. Ce reproche lui rappelle la scène de Lyon. Comme lui-même se trouve dans un état qui prouve que le reproche qu'on lui fait est bien mérité, persuadé qu'il ne le doit qu'à celle qui lui est échue en partage, il avoue tout à sa femme, lui demande pardon de ses torts, et ce n'est qu'après bien des prières et des supplications qu'il parvient à apaiser un courroux qu'il croit bien légitime. Elle pardonne, mais elle y met la condition qu'il ne se brouillera pas avec ses deux anciens et perfides amis ; ce qu'il promet, se trouvant fort heureux d'en être quitte à si bon marché. Esculape se chargea ensuite de rendre la santé aux deux époux.

———

Une dame adressa à son mari, qui était à la campagne, une lettre ainsi conçue : « Je « vous écris, parce que je n'ai rien à faire ; « je finis, parce que je n'ai rien à vous « dire. Une telle, bien fâchée d'être votre « épouse. »

———

Les mauvaises plaisanteries sont ordinairement suivies de reparties piquantes ; on n'a souvent que ce qu'on mérite. Une dame qui se trouvait un jour dans une grande société, se voyant l'objet des sarcasmes de ce qu'on appelle un *lion* qui lui demandait nonchalamment si les beaux habits dont il la voyait parée n'étaient point le fruit de quelqu'une de ses galanteries, lui répondit avec beaucoup de sang-froid : « Mon petit mignon, vous croyez sans doute parler à votre mère. » A cette réponse, le mauvais plaisant ne répliqua rien, et se retira tout honteux.

Une jeune dame, mariée depuis environ deux ans, et dont la conduite était des plus régulières, n'avait cependant pu fixer par ses charmes l'inconstance de son mari. Il avait une maîtresse qui était loin de valoir l'épouse délaissée. Celle-ci, au lieu de se plaindre, feignait de tout ignorer. Une autre aurait boudé, cherché querelle ; mais comme elle avait beaucoup d'esprit, elle se contentait de se taire, persuadée que tôt ou tard son mari reconnaîtrait ses torts. Cependant, le matin d'un jour qu'elle sut que son infidèle avait rendez-vous avec sa rivale, elle imagina de s'habiller avec une voluptueuse coquetterie qui mettait assez de charmes à découvert pour tenter l'homme le plus insensible. Le mari, surpris de cette toilette, à laquelle il n'était pas accoutumé, en fit avec galanterie compliment à sa femme...

Elle lui demanda d'un air agaçant si, mise de cette manière, elle lui plaisait.—Infiniment, répondit-il en l'embrassant à plusieurs reprises. Elle, de son côté, redoubla de caresses. Enfin cette agréable matinée s'écoula à la satisfaction mutuelle des deux époux. Lorsque les momens d'ivresse furent passés, la jeune femme dit en riant à son mari : « Je sais, mon ami, qu'aujourd'hui vous avez rendez-vous avec Mme *** ; vous pouvez y aller, je ne la redoute nullement ; les marques de tendresse que vous venez de me donner me sont un sûr garant que vous ne pourrez avoir avec elle qu'un simple entretien. » Le mari, s'apercevant alors qu'il allait chercher ailleurs des plaisirs qu'il n'obtenait qu'à prix d'argent, tandis qu'il pouvait en goûter sans remords au sein de son ménage avec une épouse aimable qui le chérissait pour lui-même, et non par intérêt, renonça dès ce moment à sa belle, et devint par la suite le modèle des bons maris.

Une femme fort galante, et qui avait mené une vie très-dissolue, résolut de se marier ; un plaisant lui adressa les vers suivans :

Pour un péché dont l'abstinence
Cause à nos belles tant d'ennui ,
Arsène s'impose aujourd'hui
La plus sévère pénitence :
Elle vient de prendre un mari.

Un maréchal de France du temps de Louis XIV vivait dans un commerce intime avec une jeune et jolie courtisane, particulièrement connue de tous les seigneurs de la cour et même du roi qui parlait quelquefois de cette belle passion du maréchal et des infidélités de sa maîtresse.

Cette nymphe étant allée un jour à la messe aux Grands-Augustins, où se rendaient alors les personnes les plus distinguées, une dame de la cour s'y trouva aussi : elle entrait à l'église au moment où la courtisane en sortait, lorsqu'une aventure la força de s'arrêter. Son domestique avait un peu coudoyé la grande dame, et celle-ci lui avait appliqué un soufflet. « Pourquoi frappez-vous ainsi mon domestique ? lui dit fièrement la maîtresse du maréchal. — C'est un insolent, lui répond l'autre, et vous êtes bien hardie, vous, de m'adresser la parole.—Je m'étonne que vous me teniez ce langage, et je crois bien que personne n'a le droit de me manquer de respect. — Vous êtes une... — D'accord : ce nom-là me convient, mais il est commun entre nous. — Je vous ferai rouer de coups.—Moins de bruit, s'il vous plaît, répliqua la demoiselle sans s'émouvoir ; on nous connaît toutes deux ; on sait bien que nous sommes du même métier : ainsi, toutes les guenipes de profession étant égales, je suis la vôtre et je vous tire ma révérence. » A ces mots, elle se retira, laissant la dame en butte aux sarcasmes de la foule rassemblée autour d'elles.

On racontait un jour devant une femme mariée qui avait plusieurs amans, qu'un seigneur allemand ne pouvait qu'à demi satisfaire sa flamme avec son épouse, et qu'il avait obtenu du Saint-Père l'autorisation de prendre une seconde femme. « Hélas ! dit-elle en soupirant, on ne trouve plus de maris comme cet Allemand. »

Une belle marchande anglaise avait pris successivement six maris, le premier par obéissance pour ses parens, les cinq autres de son propre choix. Un Anglais fut assez hardi pour l'épouser en septièmes noces. Les premiers mois de leur nouveau ménage n'eurent rien que d'agréable. Un amour excessif rend aisément une femme indiscrète ; celle-ci faisait dans les bras de son septième époux la satire des six qui l'avaient précédé. Ils lui avaient déplu, disait-elle, par leur ivrognerie ou par leurs infidélités, et jamais elle ne les avait regrettés ni pleurés sincèrement. Le mari, curieux d'apprendre quel était le caractère de son amoureuse moitié, affecta de s'absenter souvent et de paraître ivre toutes les fois qu'il rentrait tard chez lui. D'abord on ne lui fit que de tendres reproches, mais bientôt les menaces succédèrent aux représentations ; il continua son train, et feignit d'être encore plus adonné au vin. Un soir qu'elle le crut ivre-mort et bien endormi, elle détacha un plomb de la manche de sa robe, le fit fondre, et s'approcha du faux dormeur, pour lui verser dans l'oreille, à l'aide d'un tuyau, le métal en fusion. Le mari, ne doutant plus de la scélératesse de cette horrible femme, la saisit, cria au secours, et la justice intervint. La criminelle fut mise en prison, son procès fut instruit. Les six cadavres déposèrent contre elle et la firent condamner à mort. Heureusement pour les maris, il n'existe pas d'épouses capables de renouveler un pareil forfait.

***

Une procession fut inopinément surprise par un orage, et le curé se vit obligé de chercher un abri dans un cabaret qui avait pour enseigne : *Aux trois Rois.* Comme le pasteur se trouvait tout honteux d'être forcé d'y rester pour laisser passer l'orage, l'hôtesse, qui avait de l'esprit, lui dit : « Ne soyez pas surpris, Monsieur le curé, de vous trouver aux *trois Rois;* le bon Dieu depuis longtemps devait une visite aux *trois Mages.* »

***

Un médecin très-renommé fut un jour appelé chez un homme de campagne auquel il était entré une paille de fer dans l'œil. Il tenta tous les moyens connus de la tirer; il employa le secours de quelques instrumens sans que rien réussît. L'œil s'enflamma ; on saigna le malade, et comme on craignait la fièvre, qui en effet ne tarda pas à s'allumer, on le mit à une diète sévère ; mais rien de cela ne délivrait l'œil de la paille de fer qui le blessait. Elle était si petite que les instrumens les plus fins ne pouvaient la saisir. Le médecin se désespérait de voir sa science en défaut. Sa femme se mit à rire de son embarras. Elle voulut gager avec lui qu'elle allait sur-le-champ guérir le malade, et qu'elle en savait apparemment plus que lui, puisqu'elle connaissait un moyen de tirer sur-le-champ de l'œil la parcelle de fer qui s'y attachait si obstinément. Le mari fut tout surpris ; il n'aurait pas cru tant de savoir à son épouse, mais enfin il consentit cette fois à devenir son écolier. Il l'emmène donc : ils vont ensemble chez le paysan, qu'ils trouvent encore plus mal que la veille. La femme du médecin ne s'en épouvante point ; elle dit à son mari d'ouvrir l'œil du malade, et d'avoir soin de bien tenir les paupières écartées ; elle tire ensuite de sa poche un morceau d'aimant qu'elle promène avec soin et le plus près possible de la surface de l'œil ; elle le porte tan-

tôt à un coin tantôt à l'autre, non sans trembler
pourtant et sans craindre un peu alors pour le
succès de son opération. Mais elle ne craignit
pas longtemps : on vit quelques instans après
la paillette voler vers l'aimant. On devine bien
que la femme ne resta pas muette : le médecin ne fut point ingrat; il avoua au malade que
sans la présence d'esprit de son épouse, il
n'aurait pas eu la moindre idée de cette heureuse ressource, et tous furent contens.

Dans une société où l'on blâmait fort la
conduite des femmes galantes, une dame prit
la parole et dit : « J'admire quelle force l'u-
sage a donnée à ces trois mots qu'un homme
dit : *Ego conjungo vos;* il unit un garçon
avec une fille, du consentement de tout le
monde, et cela s'appelle un sacrement admi-
nistré par une personne sacrée. La même ac-
tion, sans ces trois mots, est le déshonneur
pour une malheureuse femme. Le père,
la mère, dans le premier cas, se réjouissent,
dansent et mènent eux-mêmes leur fille au
lit; dans le second, ils sont dans le désespoir et la font renfermer s'ils le peuvent. » On

lui fit observer avec raison que le mariage exista de tout temps, qu'il assure le bonheur des familles, qu'il légitime les enfans, et que sans lui on vivrait à l'instar des animaux qui ne suivent que l'impulsion de la nature.

Un mari racontait à sa femme une histoire de la véracité de laquelle l'épouse doutait fort. Celui-ci avait beau faire serment qu'il ne disait que la plus exacte vérité, elle ne l'en croyait pas davantage. Enfin, perdant patience, il s'écria : « Je te donne ma tête si j'en impose. — Je l'accepte, répond en riant la dame, les petit cadeaux entretiennent l'amitié. »

Un peintre flamand surpassait ses compatriotes dans la netteté et le fini de la peinture. Sa lenteur dans ses ouvrages était extrême. Une veuve, dont il faisait le portrait, impatientée de son peu de vivacité, lui en fit des reproches : « Je mettrais moins de temps, Madame, à vous aimer, répondit-il, qu'à peindre votre portrait ; je trouve tant de grâces à rendre, de si aimables traits à imiter, que mon pinceau se perd dans cette tentative; dans l'autre partie, je ne ferais que suivre mon inclination, et pour peu qu'elle fût secondée, je me trouverais l'homme du monde le plus heureux. » La dame ne fut point insensible à sa déclaration. Le peintre avait une figure agréable et savait plaire. Elle laissa finir le portrait, et dit à l'artiste, après la dernière séance : « Voudriez-vous accepter l'original en payement de la copie? » Il ne refusa point des offres si flatteuses, et épousa cette jolie veuve, qui de plus était riche.

En offrant au lecteur le morceau suivant, extrait d'un journal allemand, nous sommes loin de chercher à accréditer les injures grossières de l'auteur contre la plus belle moitié du genre humain. Qu'il ait eu à se plaindre de quelques femmes, cela se peut et se conçoit sans peine ; mais l'amabilité, la douceur et la tendresse des Parisiennes, qui surpassent en grâces et en vivacité toutes les femmes du monde, car elles sont communément fines, spirituelles, éloquentes, et de plus les vertus qui sont l'apanage ordinaire des femmes de tous les pays de la France, sont une réfutation éclatante des sottises d'un homme qui a pu penser et se décider à écrire et à publier tant d'impertinences. Voici comme il s'exprime :

« Adam pécha; Samson fut enchaîné; David perdit la santé; le sage Salomon s'abandonna à la débauche. Et qui les entraîna dans ces excès? des femmes. Une femme excita saint Pierre à renier son divin maître ; une femme maltraita Job plus que ne l'avait fait le diable lui-même. Le poëte Codrus disait : Le ciel n'a pas autant d'étoiles, la mer autant de poissons que la femme a de ruses. Hippocrate assure que la méchanceté est innée chez les femmes ; Labérius dit qu'aussitôt qu'une femme est seule, elle pense à faire du mal. L'histoire de Tamerlan nous apprend que chez les Tartares le nom de femme est regardé comme une expression immonde que personne n'ose prononcer ni écrire. La source de tout le mal, dit Socrate, c'est la femme. Saint Chrysostôme va jusqu'à prétendre que de toutes les bêtes féroces il n'en est point de plus dangereuses qu'une femme ; il les appelle les ennemies jurées de l'amitié, des fardeaux insupportables, des démons tentateurs. Le savant Origène appelle la femme une réunion des sept péchés capitaux, l'arme de Satan, l'exil du paradis ; à l'église et dans la rue, les femmes nous paraissent souvent des anges, mais à la maison, ce sont des fléaux, des hibous à la fenêtre, des pies à la porte, des chèvres au jardin, des sangsues la nuit, des hochets pour les imbécilles, des tamis d'argent, des pierres d'achoppement pour la patience, enfin des tourbillons où la raison s'engloutit. »

En lisant ceci, on voit bien que l'auteur n'était pas Français.

« Un jeune homme distingué, qui se trouvait dans une société d'amis, se plaignait amèrement de l'absence prolongée de sa maîtresse, qui était pour le moment à la campagne ; et comme il semblait redouter quelque infidélité, une dame âgée, qui se trouvait présente, essaya de dissiper ses soupçons en lui disant : « Et moi aussi, j'ai connu l'amour, et moi aussi, j'ai ressenti ces atteintes brûlantes, ces tourmens, ces fluctuations douloureuses entre l'espoir et la crainte, et les attentes trompées, et les inquiétudes sur le sort de celui que j'aimais, et les angoisses déchirantes, insupportables de la jalousie. J'ai aimé, j'ai senti tout le prix des illusions qui enchantent la vie ; j'en ai savouré la douceur et même l'amertume, et je regrette encore ce *bon temps où j'étais malheureuse*. Je ne viens donc point détruire les charmes de vos jouissances, mais essayer de vous faire sentir le bonheur de vos peines. Je ne veux vous entretenir que de l'absence dont on ne peut prévoir le terme, de cette absence où l'on peut intervenir par la pensée dans le lieu qu'habite la personne que l'on aime, dans les sociétés qu'elle fréquente, dans ses occupations, dans ses plaisirs, attendre les expressions de son souvenir, y découvrir les mouvemens les plus cachés de son cœur, se nourrir des témoignages de sa tendresse et lui donner chaque jour un nouvel aliment par cette inquiétude vague, ces reproches délicats, ces désirs d'autant plus vifs qu'ils paraissent plus réservés, tout le charme enfin de la correspondance de deux cœurs bien épris. Que cette absence est désirable ! Ah !

je ne crains pas de le dire, elle est nécessaire pour sauver l'uniformité de la vie même la plus heureuse, car c'est un mal aussi que l'excès du bien-être. L'absence irrite le désir, aiguise et renouvelle toutes nos jouissances. Vous vous plaignez de l'absence, ah! désirez-la, provoquez-la pour votre bonheur. » Toute la société applaudit la dame, et le jeune homme se rendit à de si justes raisons.

Une mère intrigante, comme il y en a malheureusement beaucoup, avait une fille très-jolie qu'elle avait élevée dans la coquetterie, et des charmes de laquelle elle savait tirer parti. C'était ordinairement au spectacle que la mère et la fille se rendaient, espérant trouver quelque dupe à qui elles en imposeraient par leur mise, l'air respectable de la mère et d'innocence de la fille. Un soir, un jeune homme riche, qui les avait aperçues, vint se placer à côté d'elles. Petit à petit, la conversation s'engagea : le jeune homme, galant comme on l'est à son âge, et trouvant la fille charmante, fut bientôt épris. Il offre des rafraîchissemens que l'on refuse avec modestie. Dans la conversation, nos deux rusées font entendre qu'elles viennent assez régulièrement au spectacle; notre galant se propose bien de les y rejoindre; enfin l'on se quitte. Plusieurs fois l'on se retrouve : toujours même manége de la part des deux femmes. Comme le jeune homme avait au doigt un beau diamant, la mère se récrie sur la beauté de la bague; la fille, se mettant de la partie, louait avec plus d'enthousiasme : aussitôt il offrit galamment un bijou dont on paraissait ébloui; après quelques refus, il eut le bonheur de le voir accepter. « Vous êtes un homme charmant, dit la mère, reconduisez-nous ce soir, et venez demain recevoir nos remercîmens. » Transporté de joie, il ne manque pas de se rendre à une pareille invitation. Il trouva la fille seule et à sa toilette. Qu'elle lui parut belle dans ce moment où l'art ne relève encore qu'à demi les grâces de la nature ! Ivre d'amour et de volupté, il se jette aux genoux de l'idole de son cœur et la presse de le rendre heureux; elle résiste avec cet embarras timide, cette pudeur séduisante qui sied si bien à la beauté; enfin il triomphe et ne doute point qu'il ne soit le premier qui ait lieu de s'applaudir d'une pareille victoire. Son bonheur était au comble : aussi fit-il à sa divinité nombre de cadeaux. Trois mois s'écoulèrent dans des transports délicieux, et sa chère maîtresse lui apprit qu'elle portait dans son sein des marques de son amour. Mais l'instant arriva où il devait apprécier sa bonne fortune. Un jour qu'il était allé rendre visite à son amante, il trouva la porte ouverte et entendit que l'on parlait avec chaleur dans l'appartement contigu ; la curiosité lui fit prêter l'oreille. Quel fut son étonnement d'entendre la mère s'expliquer ainsi : « Oui, Monsieur le comte, vous avez le bonheur d'être père, à votre âge ; ma fille est certainement enceinte : vous voyez donc bien que c'est de vous ; n'oubliez pas, s'il vous plaît, combien j'ai eu de peine à vous recevoir chez moi. Que de lettres ne m'avez-vous pas écrites ! que de présens ne m'avez-vous pas faits avant d'être écouté ! Encore ai-je exigé que vous ne vinssiez voir ma chère enfant qu'à certaines heures et le plus secrètement possible. » La fille, se joignant à sa mère, assura à son tour à M. le comte qu'elle n'en avait jamais aimé d'autre que lui, et scella ses perfides sermens par deux tendres baisers. Il serait impossible d'exprimer le trouble et l'agitation de l'écouteur aux portes ; cependant il se modéra un peu à la voix de celui qui partageait ses plaisirs. — « Je ne doute point, dit-il, que cet enfant ne soit de moi ; aussi ai-je dessein de lui faire un sort et de donner tous mes biens à votre fille. A ces mots, furieux, notre jeune homme entre précipitamment, car il avait reconnu la voix de son oncle dont il était le seul héritier. « On nous trompe tous les deux, s'écria-t-il hors de lui-même : cette indigne mère m'a aussi vendu sa fille, à moi, et Mademoiselle me disait encore hier les choses tendres qu'elle vient de vous répéter. Si vous doutez de notre mutuelle intelligence, reconnaissez mon diamant, que Madame porte au doigt. » L'oncle, certain qu'il n'avait eu affaire qu'à des intrigantes, se leva furieux, et sortit avec son neveu, en jouissant de la confusion de ces deux femmes. Quelques jours après, s'applaudissant de plus en plus de ce que son neveu l'avait empêché d'être tout à fait dupe, il se hâta de lui léguer tous ses biens, en faisant un testament en sa faveur. Ainsi furent punies ces deux courtisanes, et leur ruse se tourna contre elles-mêmes.

Une dame ayant demandé à un homme qui avait été longtemps esclave à Tunis, où il avait beaucoup souffert, n'ayant pas voulu changer de religion, ce qu'en pareil cas ces barbares faisaient aux femmes, celui-ci lui répondit : « Ils les caressent tant qu'ils les font mourir. — Plût à Dieu, reprit-elle, que je meure pour la foi, ainsi martyre! »

Une dame mariée depuis longtemps, qui n'avait pas d'enfant et qui en désirait ardemment, résolut d'aller en pèlerinage à un couvent situé à une lieue de son château, espérant que les prières des moines qui le desservaient obtiendraient du ciel l'accomplissement de ses désirs. Dans cette intention, elle part à pied un beau matin. Au milieu de la route, elle trouve une paysanne qui se reposait assise sur l'herbe, au milieu de ses paniers remplis de denrées potagères. « Vous allez sans doute à la ville vendre vos légumes? lui dit la dame. — C'est vrai, Madame, et vous? — Je vais, répondit-elle, au couvent de*** implorer le ciel afin d'avoir un enfant. — C'est peine perdue, répondit la paysanne. Vous pouvez retourner chez vous ; car depuis que le grand moine est mort, le ciel est sourd aux prières des autres. »

———

Un jeune homme se trouvant dans une société où était venue sa maîtresse qui lui avait fait infidélité, voulut la déshonorer aux yeux des personnes qui se trouvaient présentes, et se mit à lire des lettres de tendresse qu'il avait reçues de celle dont il avait à se plaindre. On lui observa que cette indiscrétion ne méritait nullement l'approbation des auditeurs, et l'on voulut le faire cesser. « Lisez, Monsieur, lisez, dit-elle. Le contenu ne peut ni me faire rougir ni me déshonorer, mais bien l'adresse de celui à qui j'ai écrit. » Le jeune homme, attéré par cette réplique, se tut aussitôt.

———

Une dame depuis longtemps malade résolut de consulter un médecin renommé pour connaître les maladies par les urines. Elle fit mettre de la sienne dans une bouteille, et ordonna à sa femme de chambre de la porter au médecin. Celle-ci, en allant remplir sa commission, rencontra son amant, s'amusa avec lui, et en badinant la bouteille fut cassée. Pour se tirer d'embarras, l'adroite femme de chambre imagina d'acheter une autre bouteille, y mit de son urine, et fut effrontément la présenter au médecin qui, après l'avoir examinée attentivement, lui dit verbalement ce que la malade devait faire. De retour à la maison, le mari et la femme lui demandèrent ce que le docteur avait dit, et s'il y avait moyen de guérison. « Oui, sans doute, Monsieur ; Madame peut guérir, et cela ne dépend que de vous, répondit la rusée commère. Le docteur, après avoir bien examiné la bouteille en tous sens, prétend que Madame serait bientôt guérie si vous lui prodiguiez souvent de tendres caresses. » Cette recette plut beaucoup à la malade, et le mari l'ayant mise en pratique, une prompte guérison s'ensuivit, ce qui augmenta considérablement la réputation du docteur.

Deux rivaux prétendant aux faveurs d'une courtisane, en étaient venus au point de vouloir se battre en duel. Celle-ci l'ayant appris, les fit venir et leur dit : « Apprenez, Messieurs, que mon amour se gagne avec l'or et l'argent, et non avec le fer. »

Un grenadier, jeune et très-beau garçon, étant venu à Paris pour solliciter son congé, se rendit chez son colonel qui pour le moment était à la campagne. Après qu'il se fut expliqué, on lui fixa le jour où il devait revenir. L'épouse du colonel, qui l'avait aperçu par hasard, frappée de sa bonne mine, et instruite du motif qu'il avait pour parler à son mari, ordonna que lorsqu'il reviendrait on le conduisît à Justine sa femme de chambre. Le jour indiqué, la dame, mise très-simplement, l'attendit dans la chambre de Justine qui était dans la confidence. A l'heure fixée, notre militaire ne manqua pas au rendez-vous. La dame le reçut des mieux, lui promit qu'ayant tout pouvoir sur Monsieur et Madame, elle lui ferait avoir son congé, foi de Justine. Transporté de joie, le grenadier lui saute au cou et l'embrasse en vrai militaire. Puis, s'apercevant que la place ne demandait qu'à capituler, il tente l'assaut et bientôt il est vainqueur. Enchanté de la promesse qu'on lui a faite et du bonheur dont il a joui, il quitte l'aimable Justine qui lui indique le jour où il aura audience, et lui renouvelle la certitude qu'elle lui obtiendra son congé. Au retour du mari, l'épouse infidèle le sollicite en faveur du grenadier ; et, comme dit le proverbe, ce que femme veut, Dieu le veut, elle fit tant, qu'elle obtint l'assurance de n'avoir pas donné un faux espoir. Exact comme un militaire, le grenadier se présente au jour indiqué devant son colonel, et lui expose les raisons qui lui font demander son congé. «Je te l'accorde, lui répond son chef, et c'est à la sollicitation de ma femme que tu le dois. » Le grenadier, persuadé que Justine a, comme elle le lui a promis, parlé en sa faveur à Madame et à Monsieur, se confondait en remercîmens, lorsque malheureusement l'épouse du colonel entra dans l'appartement. Le grenadier court à elle, et malgré des signes qu'il ne comprend pas, lui dit :

« Ah ! ma chère Justine, que je vous ai d'obli-
gations ! Il faut que je vous embrasse : vous
avez tenu la parole que vous m'avez donnée;
j'ai mon congé ! » Le colonel, stupéfait de
cette scène, le renvoya, et voulut à son tour
avoir une explication sur ce qui s'était passé.
Mais l'épouse enhardie par l'absence du grenadier, et comptant sur la discrétion de
Justine, chercha querelle à son mari sur
ses injustes soupçons, lui soutint que le militaire s'était trompé, et parvint enfin à dissiper l'orage qui pouvait éclater entre elle et
son époux.

Un particulier aspirait à la main d'une
jeune demoiselle d'un caractère décidé et
qui l'avait pris en haine. Comme ce mariage
était du consentement des parens et non du
sien, un jour que son prétendu était venu
lui faire la cour, elle lui dit en colère : « Vous
voulez m'épouser malgré moi, attendez un
peu que je sois mariée, et vous verrez comme
sous cette couverture de mariage qui cache
tout, je vous tromperai; je vous jure que je le
ferai et vous tiendrai parole! » Une si agréable
promesse dégoûta le futur époux; il renonça

à cette union, et la jeune demoiselle épousa par la suite un jeune homme qui depuis long-temps avait su lui plaire.

Un prince malheureusement disgracié de la nature (il était bossu), mais ayant beaucoup d'esprit, aimait à plaisanter lorsque l'occasion s'en présentait. Un jour qu'il devait partir pour la campagne, il dit en riant à son épouse : « Au moins, Madame, pendant mon absence, n'allez pas me faire infidélité. » La princesse lui répondit aussitôt : « Allez, Monsieur, vous pouvez partir en toute sûreté, car je n'ai jamais envie de vous être infidèle que quand je vous vois. »

Une dame qui depuis deux jours souffrait des douleurs extrêmes pour accoucher, se recommandait à tous les saints, et jurait qu'elle ne s'exposerait plus à endurer un pareil mal. Elle avait fait allumer un cierge dans sa chambre : enfin la nature triompha, et elle accoucha fort heureusement. Dans l'excès de sa joie, s'apercevant que le cierge brûlait encore, elle dit à sa domestique :

« Éteignez le cierge, il servira pour une autre fois. »

Un homme riche aimait sa femme et s'en croyait adoré ; il était d'une gaieté cruelle et sans exemple quand il pouvait médire des autres femmes ; il insultait aux victimes de leurs galanteries, et après toutes ses déclamations contre les deux sexes, il finissait par vanter son sort. « Pour moi, disait-il, j'avoue que j'ai dans mon lot le bonheur de tous les autres ; j'aime ma femme, et la tête lui tourne d'amour pour moi. » Notre homme dormait paisiblement sur cette heureuse idée. Il reçoit un billet qui contenait ces mots : « Vous êtes un impertinent, avec votre bonheur que vous nous jetez au nez, mon ami. Votre femme vous trompe tout comme un autre, et si demain vous voulez vous en convaincre par vos propres yeux, montez sur les neuf heures à votre grenier, et vous trouverez des preuves non équivoques de ce que j'avance. » Il déchire le billet et reste bien convaincu que l'avertissement n'est qu'une insulte qu'on prétend lui faire. Cependant il prend la résolution de tenter l'aventure. Le lendemain,

il monte au grenier à l'heure indiquée, et
avant de voir il entend ces paroles très-claires :
« Mon cher Guillaume, viens dans mes bras ;
mon benêt de mari... » Furieux, il ne laisse
pas achever ; il se précipite vers l'endroit
d'où partait ce galant entretien. Sa femme
l'aperçoit, et se retire majestueusement ;
l'époux outragé veut la frapper ; elle, comme
un nouveau Thémistocle, lui dit gravement :
« Frappe, mais écoute. Tu n'es jamais aussi
aimable avec moi que vient de l'être ton
cocher, qui du reste est un homme sans
conséquence. Je ne t'en aime pas moins
de tout mon cœur, et, crois-moi, ne nous
brouillons pas pour de simples bagatelles. »
L'époux, pétrifié de l'audace de sa femme,
se retira sans mot dire, et depuis ce temps
cessa toutes ses plaisanteries contre les maris
ses confrères.

Un homme de loi fut à confesse avec sa
femme la nuit de Noël. Le confesseur commença par la femme ; mais étant fatigué, il
s'endormit. La dame, après avoir débité tout ce
qu'elle avait à dire, garda le silence, et s'i-
magina que le bruit des orgues l'avait empê-

chée d'entendre l'absolution qui lui avait été donnée. Elle se lève, et s'en va lire sa pénitence ordinaire, qui était les Sept Psaumes. Le mari se met à sa place, et entend le confesseur qui ronflait. « Mon père, vous dormez? lui dit-il.—Non, Madame, répond le religieux en se réveillant en sursaut, je ne dors pas : le dernier péché dont vous vous êtes accusée, c'est d'avoir couché trois fois avec le premier clerc de votre mari. »

Comment trouverions-nous le moyen d'être ensemble tête à tête? demandait à une demoiselle un jeune homme qui lui faisait la cour : « Faites-m'en venir l'envie, lui répondit-elle, je trouverai bien le moyen d'en venir là. »

Un officier s'étant assis, au bal paré de la cour, sur une banquette destinée à d'autres, fut prié par un garde-du-corps de céder la place. Il résista. Le garde insistant, l'officier, excédé d'impatience et voulant garder son incognito, lui répondit avec vivacité: « Je m'en f..., Monsieur, et si cela ne vous convient pas, je suis colonel du régiment de Champagne. » Cette querelle fit de l'éclat et se répandit dans la salle. Un instant après, une dame qu'on voulait faire changer de place, se trouvant offensée, s'écrie : « Enfin vous ferez ce que vous voudrez, mais je suis du régiment de Champagne. »

Plusieurs femmes jolies et fort galantes s'entretenaient de leurs amours devant une autre que la nature n'avait pas favorisée d'une figure agréable, et lui reprochaient, en se moquant d'elle, de n'avoir pas d'amant. Piquée de leurs railleries, elle leur dit : « Dieu m'a fait une grande grâce de n'être pas belle comme vous ; car aussi bien j'eusse fait l'amour tout comme vous le faites. »

Un paysan obligé de faire un voyage, recommandait à sa femme de ménager son front : « Pourquoi cela, lui dit la jeune Agnès ? — C'est, dit-il, que si tu cessais d'être fidèle, il me pousserait aussitôt des cornes à la tête. — Fi donc ! Je m'en garderais bien, je crains trop les cornes. » A peine fut-il parti, qu'un galant lui éclaircit le mystère, et mit ses leçons en pratique. Le mari de retour, elle l'examine, et lui dit : « Ah ! méchant, comme tu m'as trompée ! »

Une jeune veuve disait à une de ses amies : « Je voudrais me remarier, et dans les personnes que je connais je n'en vois aucune qui me convienne. Il me faudrait quelqu'un qui s'entendît à l'administration des biens. Je ne demande point de fortune ; la mienne est bien suffisante : je tiens encore moins aux plaisirs du mariage, que j'ai pour ainsi dire en horreur. Vous ne sauriez croire combien ces sortes de choses me font éprouver de dégoût. » L'amie, qui n'était point dupe de ce discours, lui dit : « Vous ne pouvez mieux vous adresser qu'à moi pour cela. Je connais quelqu'un qu'une longue habitude a familiarisé avec les travaux des terres : c'est d'ailleurs un fort bel homme et qui jouit d'une santé robuste. — Eh ! non, eh ! non, s'écria la veuve, c'est justement de votre bel homme, si bien portant, que je ne veux pas. — Permettez, reprit l'autre, cet homme si bien portant n'en est pas moins tellement disgracié de la nature sous le rapport dont vous parlez, que que de sa vie il n'a eu la faculté d'approcher une femme. — Fi donc! reprit la veuve, je ne veux point de cela : ne me parlez plus d'un misérable de cette espèce! Encore que je ne prenne aucun plaisir aux tendresses, je veux néanmoins un mari avec lequel on ait le moyen de faire la paix quand on a eu quelque querelle ensemble. »

Une des courtisanes à la mode avait un beau perroquet qu'elle aimait plus que sa vie ; elle eût donné tous ses amans pour l'oiseau chéri : le voilà qui s'envole. La nouvelle Lesbie se lamente, pleure et se livre au désespoir. Dans sa douleur, elle s'écrie : « Ah! mon pauvre perroquet, je ne sais ce que je donnerais pour te ravoir : qui me le rapporterait passerait la nuit avec moi ; j'en fais le serment. » Le lendemain, paraît un grand porteur d'eau très-robuste, tenant le perroquet sur sa main.—Mademoiselle, j'étais hier dans votre cuisine, j'ai entendu ce que vous promîtes ; cela m'a mis le cœur au ventre. Bref, voilà votre oiseau que j'ai retrouvé ; vous êtez trop honnête demoiselle pour me refuser la récompense. » Qui fut bien embarrassée ? ce fut la maîtresse du perroquet : elle offrit une somme d'argent assez considérable. « Eh ! fi donc, Mademoiselle, ce n'est pas là mon payement : je ne veux point d'argent, mais avoir l'honneur, comme vous l'avez promis, de passer une nuit avec une aussi jolie personne que vous. Allez, quoique je ne sois pas un gros seigneur, Jacques en amour en vaudra bien un autre. » La demoiselle, qui se piquait de noblesse en ses procédés, pousse un grand soupir, seul reste des combats de son orgueil, accorde sans réserve au porteur d'eau la récompense promise, et dit après s'être acquittée : « Je n'en suis pas fâchée, Jacques est un homme tout comme un autre, et digne de la récompense que je lui ai accordée.

Une jolie paysanne partant pour Paris, sa mère lui recommanda surtout d'être sage. A son retour, elle lui demanda si elle avait suivi ses avis. — « Oh ! certainement, ma

mère ! — Ainsi, tu rapportes ton innocence !
— Oui, mon innocence ! Ces diables de Parisiens en sont si affamés, que quand j'en aurais eu comme quatre, ils ne m'en auraient pas laissé l'ombre. »

Une dame s'était parée pour recevoir du monde. Son mari la critiqua sur sa toilette, lui disant devant tous les invités que le costume qu'elle avait pris ne convenait plus à son âge, et qu'il était sage de cacher à quarante ans des choses qu'on laisse voir à vingt. La dame, piquée, lui répondit : « Si vous en êtes dégoûté, au moins n'en dégoûtez pas les autres. »

Dans un cercle de jeu, une jolie femme de qualité, après avoir perdu son argent, maudissait le sort. Un jeune magistrat de province, qui se trouvait auprès d'elle, lui offrit sa bourse ; elle accepta vingt-cinq louis et les perdit. Vingt-cinq autres ne tardèrent pas à les suivre. Furieuse, elle sortit pour se rendre chez elle. Son équipage n'était point arrivé. Le robin offrit de la conduire ; elle y consentit. Arrivé à l'hôtel, il la conduisit jusqu'à son appartement. Ah ! Monsieur, dit-elle au magistrat en se jetant sur un sofa, il est des jours bien malheureux ! J'ai perdu, outre les cinquante louis que je vous dois, cent autres que j'avais sur moi, c'est une imprudence que je ne me pardonnerai jamais ; je suis au désespoir, car je ne sais pas trop quand je pourrai m'acquitter avec vous. » Le jeune robin lui dit qu'elle avait tort de s'inquiéter, qu'il en avait encore cent à son service. La dame le prit au mot et offrit de lui faire son billet du tout. Il le refusa. Elle était belle, il avança galamment quelques propos qui firent comprendre à la dame qu'un moment de complaisance l'acquitterait : elle se rendit. Le magistrat se retira transporté de sa bonne fortune. Quelques jours après, il se fit annoncer chez son aimable joueuse ; un domestique en vain le nomma : la dame refusa de le recevoir. Il insista, croyant qu'en qu'en le voyant elle le reconnaîtrait ; il se trompa. Enfin, pressé de dire qui il était, il s'avança près d'elle et lui dit tout bas que c'était lui qui avait eu l'honneur de la reconduire le jour où la fortune lui avait été si contraire. « Eh ! que ne me disiez-vous cela d'abord? lui dit-elle ; nous autres femmes de condition, nous prenons cela comme une prise de tabac. » Qui resta sot? ce fut le magitrat : il se retira en jurant de ne plus prêter d'argent aux joueuses.

———

Un fort de la Halle était en querelle permanente avec sa femme. « Tu m'en feras tant, lui dit-il un jour, que je finirai par te quitter. — Tant mieux, je n'entendrai plus de train, sac à vin. — Si, morgué, car avant de m'en aller, je te ferai une douzaine d'enfans. — Vraiment! voyez donc c'manan; eh bien! fais-les-moi tout de suite et va-t-en ben vite. »

———

Un septuagénaire, afin d'être moins trompé, avait pris pour maîtresse une jeune fille de seize ans. Un jour qu'il l'avait menée à l'Opéra, il la surprit dans un entr'acte comptant deux fois sur ses dix doigts. Le vieillard ravi reconnaissait dans ce nombre celui des bijoux qu'il lui avait donnés, et pour s'en attirer quelque compliment, il lui dit : « Que comptes-tu donc, ma bonne amie? —Je compte, lui répondit-elle naïvement, le nombre

des galans que je reconnais dans cette salle,
et à qui j'ai accordé mes faveurs avant toi. »

———

Le roi disait un jour à une dame : « Vous
avez aimé toute ma cour.— Ah! Sire!—Vous
avez eu le duc de ***.—Il est si puissant!
— Vous avez eu le maréchal de ***! —
Il est si aimable! —Vous avez eu M. ***! —Il
est si bien fait!—Mais le duc de ***, qui n'est
rien de tout cela? — Ah! Sire, il vous aime
tant! » Le roi ne put s'empêcher de rire de
l'apologie que la dame faisait de ses amans.

———

Un officier arrive pour la première fois
dans une maison où il avait une visite à faire.
Ne voyant personne pour lui indiquer l'indi-
vidu qu'il demande, il trouve une porte ouverte et entre. Après avoir traversé deux ou
trois pièces, il voit une jolie femme endormie sur un lit. Sans autre déclaration de
guerre, il donne l'assaut et s'empare de la
place. La dame s'éveille. « Qui vous a fait si
hardi? lui dit-elle. — Madame, reprend l'officier, je n'ai pas vu la garnison, et j'ai profité

de l'occasion pour surprendre l'ennemi : surpris à mon tour, je deviens votre prisonnier; mais accordez-moi la vie, et je me retire. — Non, Monsieur, je ne dis pas cela; je voudrais voir seulement si vous auriez le courage de recommencer. »

Un courtisan était tombé dans la disgrâce du roi, et pendant son éloignement de la cour, il épousa une demoiselle que le roi avait eue pour maîtresse. Le roi dit au courtisan : « En faveur de ce mariage, j'oublie le passé, mais soyez sage à l'avenir. » Le mari, qui connaissait les galanteries de son épouse, dit à son tour à sa femme : « Madame, personne ne parle plus juste que le roi; trouvez bon que je vous répète ce qu'il m'a dit : « J'oublie le passé, mais soyez sage à l'avenir. »

Une jeune veuve, belle et riche, avait un amant fort pauvre et fort présomptueux; il voulait absolument qu'on le crût heureux en amour, et se vantait de beaucoup plus de faveurs qu'il n'en recevait. La dame, d'une humeur enjouée, et qui l'aimait véritablement, résolut de le punir. « Je sais, lui dit-elle un jour, que vous avez de l'affection pour moi ; je me flatte que vous voudrez bien m'en donner des preuves dans une occasion qui se présente. » Notre amoureux lui répond aussitôt qu'il n'attend que ses ordres pour lui marquer son entier dévouement. « Vous connaissez, ajouta la veuve, Mme *** qui est de mes amies ; elle a un mari incommode, jaloux, et qui ne lui permet jamais d'aller au bal ; cependant j'en ai arrangé un pour ce soir, chez moi, et c'est sur cette amie que je compte le plus. Je désire donc que vous aidiez à tromper ce jaloux. Vous irez pour cet effet vous coucher en la place de sa femme ; son mari, qui ne reviendra que tard, vous trouvant dans son lit, croira que c'est elle, et, comme il est obligé de se lever matin pour ses affaires, il ne s'apercevra de rien, car, quoiqu'il soit fort jaloux, il ne trouble jamais son repos. » Le galant, qui craignait les suites d'une pareille entreprise, fit naître d'abord quelques difficultés : mais que ne peut l'espoir des faveurs d'une belle! il consent donc à tout. On le mène chez l'amie de sa maîtresse : on lui met une coiffure de femme, et, lorsque tout le monde est retiré, il se place dans le lit du mari qui était alors absent, et que la jeune veuve savait bien ne devoir pas revenir ce soir-là. Quelques instans après, l'espiègle veuve entre en robe de chambre et sans lumière, et va se coucher dans le lit où était son amant; celui-ci la prend pour le mari, et se tapit le mieux qu'il peut à l'autre bord du lit, appréhendant toujours quelque caprice de la part de son prétendu jaloux, ou quelque contre-temps encore plus fâcheux. Ce fut dans ces transes continuelles qu'il passa la nuit la plus inquiète; mais que de pensées vinrent encore l'agiter, lorsqu'il entendit sonner, puis quelqu'un entrer et tirer les rideaux du lit; il se cache aussitôt la tête sous la couverture, et aurait voulu s'abîmer dans le lit; mais de grands éclats de rire, qui partaient d'une voix qui lui était connue, lui ayant fait ouvrir les yeux, il voit l'amie de son amante au milieu de la chambre, et la jeune veuve s'élancer du lit entre ses bras, parée de toutes les beautés naturelles qu'il idolâtrait. Notre homme pensa mourir de dépit et de honte d'avoir fait un si mauvais usage d'une si belle nuit.

Une dame fut accusée de magie ; on nomma une commission pour lui faire subir un interrogatoire. La laideur affreuse du magistrat et sa gravité affectée auraient pu effrayer toute autre que cette dame. Cependant elle le laissa tranquillement s'acquitter de sa commission : elle avoua le désir qu'elle avait eu de lier conversation avec le diable, et dit qu'elle avait même vu cet ange infernal. « Comment était-il fait? lui demanda le commissaire. — Ma foi, répondit la dame, si vous voulez que je vous le peigne au naturel, tenez, Monsieur, il vous ressemblait comme deux gouttes d'eau. » Puis, s'adressant au greffier : « Écrivez ma réponse, lui dit-elle. » Le commissaire, qui vit que cette procédure prêterait à rire à ses dépens, jugea à propos de supprimer le procès-verbal.

Une jeune demoiselle, qui en Italie entendait pour la première fois un *castrat* dans un concert, voyant qu'on louait beaucoup ce chanteur, dit : « Oui, on ne peut dire le contraire, il a une jolie voix, mais il me semble pourtant qu'il lui manque quelque chose. »

Un paysan recherchait en mariage une jeune fille fort jolie. La noce devait se faire dans peu ; cependant son amour impatient avait de la peine à se contenir, mais la rusée, faisant la sourde oreille à ses discours, le repoussait à propos ; enfin le jour tant désiré arrive : le mari, au comble de ses vœux, et dans la plus douce ivresse, loue la prudence de son épouse de n'avoir pas voulu l'écouter. « Car entre nous, lui dit-il, si avant le mariage tu m'avais accordé quelques faveurs, je ne t'aurais jamais épousée... — Ah ! que je n'avais garde, repartit-elle aussitôt, de te rien accorder ! j'avais été attrapée trop souvent. »

Dans le temps des fureurs révolutionnaires, plusieurs Français, obligés de fuir leur patrie, s'étaient retirés à Munich, dans les États du prince Max, électeur de Bavière. A cette époque, on résolut de mettre un impôt sur les chiens, vu le grand nombre de ces animaux qu'avaient les habitans. Une dame française, qui avait un fort joli petit épagneul, imagina de réclamer en sa faveur contre la sévérité de cette mesure. Elle attacha avec un ruban au collier d'un superbe chien-lion qui appartenait à l'électeur un papier contenant les vers suivans :

Qu'aux chiens enragés de la France
On déclare une guerre à mort,
Du ciel c'est prendre la vengeance ;
Ils ont bien mérité leur sort.
Qu'aux chiens errant à l'aventure
Chiens philosophes du moment,
Chiens à jacobinique allure ,
On fasse la guerre, vraiment
C'est une loi que la nature
Dicte à tout bon gouvernement.
Mais que l'on travaille en finance
Des belles les toutous chéris,
Qui , pour l'amour, pour la constance,
Le disputent... même aux maris,
Oh ! c'est trop fort, j'ose le dire ;
Grâce pour la fidélité !
Le sentiment que Max... inspire
A quelques droits à sa bonté.

Le prince s'amusa beaucoup de cette plaisanterie et fit suspendre l'exécution de la mesure projetée.

———

Une demoiselle âgée de quatorze ans, et qui était au couvent, en sortit pour être mariée à un jeune homme distingué, plus âgé qu'elle de deux ans (ces mariages avaient lieu autrefois). Quand on eut fait part à la jeune personne de la décision de ses parens, elle alla bien vite raconter cette nouvelle à ses petites compagnes. Immédiatement après la cérémonie, elle ne trouva pas étonnant qu'on la fît rentrer au couvent, ainsi que ses parens en étaient convenus, jusqu'à ce qu'elle fût nubile ; mais en faisant ses adieux à son mari, qui l'avait accompagnée : « Monsieur, lui dit-elle, vous n'oublierez pas de me faire sortir pour mes couches. »

Un fiancé étant à une fenêtre avec sa future, vit passer une jeune personne dans la rue ; il la fit remarquer à sa maîtresse, en lui disant qu'il avait eu des relations intimes avec cette demoiselle, mais qu'il l'avait quittée parce qu'elle avait tout dit à sa mère. « Oh ! la bête ! s'écria la jeune fille ; vraiment, toutes les fois que j'ai eu des amans, je n'avais garde de le dire à ma mère. » Charmant pronostic pour se mettre en ménage.

Une femme avait deux enfans, un fils et une fille en bas âge. Elle portait un vif attachement au premier, et traitait avec sévérité la seconde , qui était charmante pour son âge. Cette dame étant devenue enceinte pour la troisième fois , la petite fille lui dit : « Maman, je vous en prie, faites-moi un petit frère! — Pourquoi cette demande, Mademoiselle? —C'est parce que je me suis aperçue que vous n'aimiez pas les petites filles. » La mère, frappée de l'observation de cette enfant, la traita par la suite avec douceur, ne mettant aucune préférence entre elle et son frère, et en fit une personne des plus aimables.

Une dame étant tête à tête avec son mari, fut prise d'une si forte envie de bâiller que ses larmes en coulaient. « Avez-vous des chagrins? lui dit le tendre époux qui la vit tout en pleurs; versez-les dans mon sein, car vous et moi nous ne faisons qu'un ! — Eh ! c'est cela même ! quand je suis seule, je m'ennuie, répond la dame. »

Une demoiselle qui avait passé la cinquantaine, fut un jour dans un bureau de mariage, et s'adressant au directeur, elle lui dit : « Monsieur, jusqu'à présent, je n'ai point songé à me marier, mais je vous avouerai que, seule et célibataire, on ne sait à qui confier ses intérêts; c'est ce qui m'engage à m'adresser à vous. J'ai du bien et n'ai d'autre héritier qu'un neveu mauvais sujet, que je ne vois plus depuis fort longtemps. Parmi les personnes de ma connaissance j'aurais pu trouver quelqu'un pour me marier, mais les hommes sont si trompeurs! à qui se fier? c'est moins un mari que je demande qu'une personne qui me tienne société et prenne mes intérêts. — Je vous comprends, Madame, lui répondit le directeur; il vous faut un homme d'une cinquantaine d'années, ayant de l'éducation et quelque fortune. — Je n'en demande point, mais cet âge... vous conviendrez!... — Eh bien! quarante ans? — Quarante ans, cela pourrait me convenir; cependant, s'il avait quelques années de moins, cela serait mieux, trente ans, par exemple. — Vous ne pouvez, Madame, mieux vous adresser, répond le directeur : une personne de cet âge, beau cavalier, désire trouver un établissement tel que vous le proposez; il aura pour son épouse tous les égards qu'inspirent la reconnaissance et la délicatesse; si un tel parti peut vous convenir, je vais lui écrire, et demain il aura l'honneur de vous présenter ses hommages. —J'accepte volontiers votre proposition... » Le lendemain, à l'heure convenue, le jeune homme et la dame se trouvent dans le salon du directeur; la dame, la figure cachée sous un grand chapeau garni d'un voile, est en présence du galant qui s'épuise en complimens et en protestations de fidélité et d'attachement; elle ne répondit mot : enfin il termine en lui disant :— « Permettez-moi de soulever ce voile qui me cache des appas qui ne peuvent qu'augmenter mes sentimens pour vous. » En même temps il soulève le voile; mais quelle est sa surprise ! il reconnaît sa tante dans sa future, part d'un éclat de rire, et dit : « Ma tante, comme monsieur d'Asnières, en vous épousant, je deviendrais mon oncle. » Celle-ci, honteuse de sa démarche, lui assura que, s'il voulait être discret, elle ne se marierait pas et lui laisserait son héritage. A cette condition, le neveu promit de se taire, et emprunta à sa tante une somme qu'elle n'osa pas refuser, trop heureuse d'en être quitte à si bon marché.

On avait fait sur une dame une chanson satirique qui commençait par ces mots :

Quand Lise parut à la cour,
On crut voir la mère d'Amour :
Chacun s'empressa de lui plaire,
Et chacun l'avait à son tour.

La dame la chantait assez souvent jusqu'au quatrième vers qu'elle marmottait entre ses dents. Soupçonnant que le comte de *** en était l'auteur, elle lui dit un jour : « Connaissez-vous cette chanson ? elle est si bien faite, que je pardonnerais volontiers, en faveur de la vérité, à celui qui l'a composée, et même je l'embrasserais. — Eh bien ! lui dit le comte, comme le renard par l'odeur alléché, c'est moi, Madame » ; aussitôt elle lui appliqua une paire de soufflets. »

———

Un bon bourgeois, qui avait une femme jeune et jolie, ayant été obligé de s'absenter pendant trois mois, et craignant des événemens dont son bonheur aurait pu être victime pendant ce laps de temps, imagina, à son retour, de dire à sa femme qu'il savait un peu superstitieuse, qu'il était allé à Strasbourg consulter un sorcier, et qu'il lui avait fait part de ses craintes sur l'observation de la fidélité conjugale en son absence ; que celui-ci lui avait donné une fiole contenant une liqueur qu'il devait boire en se couchant le soir avec elle, et au moyen de laquelle, si ses craintes étaient fondées, il serait le lendemain métamorphosé en chat. La jeune femme rit beaucoup de la crédulité de son mari, qui, en se mettant au lit, avala le breuvage ordonné, et elle n'oublia rien pour dissiper par les plus tendres caresses d'aussi sottes idées. Après la nuit la plus heureuse, elle se lève la première, entre dans son cabinet, s'habille, revient dans la chambre, ouvre les fenêtres, et n'entendant point remuer son mari, elle tire les rideaux pour le réveiller ; mais quel est son étonnement quand elle n'aperçoit dans le lit, à sa place, qu'un gros chat noir qui était mort ! Elle se doute aussitôt de la ruse, et fait semblant d'en être dupe : elle jette les hauts cris, appelle son mari, personne ne répond ; alors elle fait retentir l'appartement de sa feinte douleur et s'écrie : « Ah ! faut-il que j'aie perdu le meilleur des maris pour une seule fois que je lui ai été infidèle ! Ah ! maudit officier !...» A ces mots, le mari sort furieux de dessous le lit où il s'était caché en mettant le chat noir à sa place. A cette apparition, la femme part d'un grand éclat de rire, et avoue que, s'étant doutée du tour que son mari voulait lui jouer, elle a été bien aise de le lui rendre pour le punir d'une jalousie déplacée qui fait le malheur de son ménage. Le pauvre époux, honteux de se trouver pris dans son propre piége, eut beaucoup de peine à calmer sa douce moitié, qui à son tour montrait la plus vive colère ; et soit qu'il la crût ou non, il jura de renoncer à toute espèce d'épreuves, mais il se promit intérieurement de ne point recevoir d'officier chez lui et de ne plus faire d'absences.

De tout temps les femmes se sont plu à tromper, et le trait suivant, quoique ancien, en est la preuve. François Ier avait une fort jolie maîtresse, qui lui était fidèle comme on l'est à présent. Allant un jour, sans être attendu, pour voir sa belle, dans l'intention de passer la nuit avec elle, il frappa vivement à sa porte : elle était en ce moment avec un galant ; grand embarras pour le cacher. On était en été, et on avait mis dans la cheminée, comme c'était alors la coutume, des branches de feuillage pour donner de la fraîcheur dans l'appartement. La dame lui conseilla de se blottir tout en chemise derrière ces feuilles. Le roi, voulant lâcher de l'eau, et trouvant la cheminée à sa portée, arrosa le pauvre amoureux comme si on lui eût jeté un sceau d'eau. On peut facilement se figurer dans quel embarras il se trouvait, n'osant ni dire une parole ni faire un mouvement. Quelques instans après, le roi prit congé de la dame, qui ne put s'empêcher de rire en voyant son amoureux mouillé de la tête aux pieds : il changea de linge, et alla se réchauffer dans le lit de sa maîtresse. Le roi, qui était fort jaloux et qui avait quelques soupçons sur la fidélité de son amante, lui reprochait de favoriser son rival. « Vous avez tort, Sire, lui dit la belle ; si je le reçois quelquefois, c'est qu'il est d'un caractère jovial et plaisant qui me fait rire, et non pour lui-même. »

Une demoiselle très-galante avait pour amant un homme extrêmement laid et très-

borné qui l'entretenait. Comme on lui en faisait le reproche en l'invitant à rompre avec
lui : « Je m'en garderais bien, répondit-elle ;
je conviens qu'il n'est pas beau et qu'il n'a
pas d'esprit, mais si vous saviez, quand un
homme est bête, comme cela est commode ! »

Un curé avait eu certaine discussion avec
une de ses paroissiennes à laquelle il dit en
colère : « Allez, vous n'êtes qu'une p..... —
Messieurs, dit cette femme en s'adressant à
plusieurs personnes, je vous prends à témoins
comme quoi monsieur le curé révèle ma confession. »

Un homme d'esprit, mais d'une laideur extrême, fut accosté dans la rue par une belle
dame qui, sans lui rien dire, le prit par le
bras et le conduisit au second étage d'une
maison voisine. Ébloui de la beauté de cette
dame, il n'avait pas la force de lui résister ;
il se flattait que cette aventure ne pouvait
avoir pour lui qu'un dénouement agréable.
La dame le présenta au maître du logis, en lui
disant : « *Trait pour trait comme cela, en*

tendez-vous. » Elle quitta ensuite brusquement le bel esprit, et le laissa là ; il demanda l'explication de cette aventure au maître du logis, qui, après quelques hésitations, lui avoua qu'il était peintre. « J'ai, dit-il, entrepris pour cette dame la représentation de Jésus-Christ dans le désert ; nous discutons depuis une heure sur la forme à donner au diable, et elle vient de me dire qu'elle souhaitait que je vous prisse pour modèle. »

Une dévote avait fait une neuvaine à saint Ignace pour obtenir, par l'intercession de ce saint, la conversion de son mari. Huit jours après, son mari mourut. « Que ce saint est bon ! s'écria-t-elle, il accorde plus qu'on ne lui demande. »

La femme a été produite dans le paradis terrestre, et non pas l'homme ; elle a été formée d'une manière plus noble : Dieu ne l'a point tirée de la tête de l'homme, de peur de lui donner de l'orgueil, ni de ses pieds, pour qu'il ne la méprisât pas ; mais de son côté, afin qu'il la traitât comme sa compagne : voilà pourquoi elle se plaît tant à ses côtés.

———

Un mari était toujours amoureux de sa femme, qui ne partageait pas ce sentiment. Un jour, après lui avoir reproché le ton froid et les manières cérémonieuses qu'elle avait constamment avec lui, il la conjure de le tutoyer. « Eh bien ! répondit l'épouse, va-t-en. »

———

Une dame, veuve depuis peu de temps, versait d'abondantes larmes sur la mort de son époux ; on voulut la consoler : « Non, dit-elle, laissez-moi pleurer tout mon soûl ; après cela, je n'y penserai plus. »

———

Un père avait ses raisons pour ne pas exagérer devant sa fille le bonheur du mariage. « Celle qui prend un mari, lui disait-il, fait bien, mais fait mieux celle qui n'en prend pas. — Mon père, répondit la jeune fille, faisons bien, fera mieux qui voudra. »

———

Une religieuse qui avait prononcé ses vœux et demeurait dans un couvent d'une ville de province, s'aperçut bientôt qu'en renonçant au monde elle n'avait pu éteindre les feux que la nature allumait. Un chanoine jeune et entreprenant, qui lui rendait de fréquentes visites, ne contribua pas peu à lui faire oublier ses vœux et regretter le monde. Déjà leurs cœurs étaient d'accord ; mais deux amans tendrement épris qui ne peuvent se voir ni se parler qu'à travers une grille, désirent plus ardemment que d'autres de se voir de plus près. C'est ce qui arriva au chanoine et à la religieuse ; cependant, malgré la vivacité de leurs désirs, ils n'apercevaient que des obstacles et n'imaginaient aucun moyen de les vaincre. L'amour, qui a des ressources infinies, leur en suggéra une bien singulière. On enterre une religieuse dans le couvent : cet accident, fait pour éteindre les désirs et ramener un cœur à Dieu, fournit à notre religieuse le moyen qu'elle cherchait depuis longtemps. Elle se relève dans la nuit, va déterrer le cadavre de sa compagne, le traîne comme elle peut dans sa cellule, le place dans son lit, et y met le feu. Aussitôt elle prend la fuite, après avoir escaladé les murs avec des échelles de corde que son amant lui avait fait passer : elle part avec lui. Les religieuses se réveillent aux cris : *Au feu!* A force de secours, on parvient à éteindre l'incendie : un cadavre brûlé, qu'on trouve dans le lit de la religieuse évadée, fait croire que c'est elle-même qui a malheureusement péri. Quelques jours après, on s'aperçut de l'erreur, mais il n'était plus temps : les deux amans avaient déjà fait bien du chemin. Quelques années suffirent au chanoine pour se dégoûter de sa maîtresse ; d'ailleurs les fonds lui manquaient, et il l'abandonna. Cette fin, trop ordinaire à de semblables liaisons, fit rentrer la religieuse en elle-même. Elle revint à la ville, alla se jeter aux pieds de l'archevêque, lui confessa son crime, et se soumit à toutes les pénitences qu'on lui imposerait. Le prélat lui ordonna de se retirer dans un autre couvent que celui qu'elle avait scandalisé.

Un bon mari disait à sa femme : « Je crois qu'il n'y a qu'un seul homme dans toute la ville qui ne soit pas trompé. — Qui donc ?

demanda sa femme.—Mais, dit le mari, tu le connais.—J'ai beau chercher, répondit-elle, je ne le trouve pas. »

Un homme qui avait passé la soixantaine consulta un de ses amis sur un mariage qu'il se proposait de contracter avec une jeune demoiselle ; celui-ci lui demanda jusqu'au lendemain pour lui rendre réponse. Le lendemain, il envoya à son ami un papier cacheté contenant ces quatre vers :

> Qui cinquante ans aura vécu,
> Et jeune fille épousera,
> S'il est galeux, se gratera
> Avec les oncles d'un cocu.

Un homme qui avait la réputation de se mêler de procurer à la jeunesse des plaisirs défendus, et qui de plus était trompé par sa femme, entra dans une chambre où se tenait dans un coin une dame spirituelle, mais si difforme que son corps avait la figure d'une tortue. Regardant de tous côtés, comme s'il ne voyait personne : « Ho! ho! dit-il, on ne voit ici ni chair ni poisson. — Mes yeux sont meilleurs que les vôtres, dit cette dame en le regardant, j'y vois l'un et l'autre. »

Une femme mariée, dont la jeunesse n'é-
tait pas sans reproches, affectait une dévotion
qu'elle ne pratiquait pas réellement. Un jour
que son mari rentrait chez lui, il fut très-sur-
pris de voir que la dame avait fait deux lits.
Il s'inquiète du motif, lui demande si elle est
malade. « Non, dit-elle en hésitant ; j'ai as-
sisté au sermon, et le prédicateur a dit que si
l'on voulait être sauvé, il fallait renoncer aux
plaisirs mondains. — Comme tu voudras, répondit le mari ; je te laisse libre de tes ac-
tions. » La dame, bien contente de ne point
trouver d'obstacle à son projet, va se coucher
seule ainsi que son mari. Le lendemain celui-ci, qui occupait une place dans un bureau,
lui dit en partant de préparer un bon dîner,
qu'il amènerait quelqu'un pour le partager.
L'épouse s'empresse de se rendre à son désir,
et dispose tout pour un excellent repas. Le
mari rentre, amenant une dame élégamment
parée ; on se met à table, il sert son convive
avec un galant empressement, lui tient d'a-
gréables propos auxquels celle-ci répond par
des agaceries. Enfin, l'heure de se retirer étant

venue, il s'adresse à sa femme et lui dit : « Hier, tu m'as témoigné le désir de coucher seule, je n'ai pas voulu te contrarier là-dessus ; mais, n'aimant pas à coucher seul, je me suis adressé à Madame qui a consenti à partager mon lit. » Grande colère de l'épouse, qui par-là se voyait privée de plaisirs auxquels elle n'était pas si indifférente qu'elle avait voulu le faire croire. — Comment ! coucher avec vous ! s'écria-t-elle ; et moi, que suis-je donc ici ? Madame va sortir, et sur-le-champ. — J'y consens volontiers, mais c'est à la condition que tu lui donneras de ta bourse un louis que je lui ai promis pour prix de sa complaisance : car il n'est pas juste que je paye sans retirer l'intérêt de mon argent. » L'épouse, connaissant le caractère ferme de son mari, tira de sa bourse, et tout en soupirant, s'empressa de donner un louis à la prétendue dame, qui n'était autre qu'une courtisane à laquelle le mari avait fait sa leçon pour jouer cette scène. Elle se retira en faisant une belle révérence : dès le soir même, il n'y eut plus qu'un lit, et la femme jura de ne plus se conformer aussi strictement aux avis des prédicateurs.

Un mari fut averti par un domestique fidèle que sa femme se jouait de son honneur avec un ami de ce mari. Le galant demeurait dans une maison voisine, qui communiquait avec celle du mari par un petit jardin dont il avait une clé. L'époux querella son domestique, et le traita d'imposteur. « Ne me donne point d'avis, lui dit-il, que tu ne me mettes en état d'éclaircir la chose. » Un matin que le mari s'était levé pour aller travailler dans son cabinet, pendant que sa femme était encore dans les bras du sommeil, le domestique vit le personnage se glisser dans la chambre de la dame : il se tint à la porte, et envoya dire à son maître qu'il vînt incessamment, pour de grandes et importantes raisons, dans l'appartement de la dame. Dès qu'il vit son maître : « Monsieur, lui dit-il, Madame est bien éveillée maintenant, sur ma parole, grâce à un galant qui vient d'entrer chez elle. Allez-y, et si vous avez des yeux, vous verrez. » Le mari entre doucement dans la chambre, pendant que le domestique fait sentinelle à son poste. L'amour qui occupait les deux amans fit bientôt place à la consternation, lorsqu'ils se virent surpris en fla-

grant délit. Le mari, convaincu de l'infidélité de sa femme, et prévoyant toutes les
suites d'un éclat qu'il voulait surtout éviter, dit d'un grand sang-froid au galant
de se lever. La chambre, qui était au
premier étage, avait vue sur le jardin :
« Il n'y a pas à balancer, lui dit-il, prenez
bien vos mesures, il faut que vous sautiez
par la fenêtre dans le jardin. » Le galant fit
le saut sans hésiter : il était dispos et adroit;
il ne se fit point de mal et s'évada. Un moment après, le mari fit entrer le domestique,
et lui dit : « Tu mériterais que je t'assom-
masse pour m'avoir alarmé par les faux avis
que tu m'as donnés : cherche donc, vois si
tu trouveras celui que tu accuses d'avoir at-
tenté à mon honneur. » La femme alors feignit de s'éveiller, et demanda l'explication
de l'énigme. Le valet étonné, qui ne voyait
personne, ne pouvait pas comprendre par
quel miracle le galant avait disparu. Le maître, feignant d'être toujours irrité, le chassa
sur-le-champ. Ainsi, par sa prudence et sa présence d'esprit, le mari outragé échappa aux
quolibets qui n'auraient pas manqué de lui
être adressés si sa mésaventure eût été connue.

Une très-jolie fille, fort adonnée à la galanterie, avait attrapé une de ces maladies que
l'on ne nomme pas. Elle résolut de porter
plainte à un jeune président contre le galant
qui avait détruit sa santé. Introduite dans le
cabinet du magistrat : « Monseigneur, lui dit-
elle, je viens vous demander justice contre... »
Le jeune robin ne lui donne pas le temps d'a-
chever, lui fait des complimens sur sa beauté,
et l'assure qu'il s'intéressera à elle et lui
donnera droit. « Lisez, Monseigneur, lui ob-
serve la belle, lisez et vous verrez. » Il prend
le placet, le pose sur son bureau, et, enchanté de l'amabilité de la jeune fille, il veut
prendre des libertés un peu trop vives ; elle
se défend, ne veut rien accorder ; il l'embrasse, et la presse tant qu'enfin elle succombe.
Charmé de sa conquête, après que la belle
fut partie, il prend le placet pour connaître
le sujet de sa plainte, se promettant bien de
lui donner gain de cause ; mais quel fut son
étonnement, en parcourant la supplique, de
voir qu'elle contenait une plainte contre un
amant qui lui avait donné un *ressouvenez-vous
de moi !* Attéré par cette découverte, le jeune
magistrat, qui craignait pour lui-même, jura,

mais peut-être un peu tard, d'être plus circonspect à l'avenir, et de lire, avant de se montrer galant, les placets qui lui seraient présentés par les belles.

—

Un homme, grand amateur de belles, voyant passer dans la rue une très-jolie femme qui était mariée, s'écria de façon à être entendu d'elle : « Je donnerais bien volontiers vingt-cinq louis pour passer deux heures tête à tête avec une aussi jolie personne. » Ces paroles ne furent pas perdues, et la dame l'ayant fait suivre, lui fit dire que s'il était un homme de parole, il pouvait se présenter chez elle à la condition qu'il avait exprimée. Le galant s'empressa de profiter de l'occasion qui lui était offerte. Muni de la somme promise, il se présenta chez la belle, déposa sa bourse sur la cheminée, et nos deux amans se livrèrent à leurs transports. Mais, au moment où l'on s'y attendait le moins, le mari, qui était à la campagne, arrive, et les surprend en flagrant délit. Furieux, il veut se venger de l'affront qui. lui est fait, provoque en duel le galant, qui s'explique, raconte comment ce rendez-vous lui a été donné, et, pour preuve évidente, il montre sa bourse restée sur la cheminée. Le mari, reprenant alors son sang-froid, lui dit : « Monsieur, vous payez beaucoup trop cher les appas de Madame. » Prenant la bourse, il en tire un louis, remet le reste au galant, et dit à sa femme : « Prenez ce louis, Madame, c'est le prix qu'il convient de donner à une courtisane telle que vous, et dès cet instant oubliez que je suis votre époux, car je vous méprise trop pour souffrir que vous portiez mon nom. »

———

Nous allons terminer cet ouvrage par une réflexion bien juste : de tout temps les hommes ont critiqué les femmes ; à leur tour, elles ne se sont pas fait faute d'en tirer vengeance. Ce n'est qu'avec elles que l'on peut jouir d'un bonheur pur et sans nuages, surtout lorsque les cœurs sympathisent entre eux. Malgré toutes les plaisanteries que renferme ce livre, le lecteur ne sera pas assez injuste pour croire que toutes les femmes sont capables d'en fournir un article. S'il en est quelques-unes de volages et d'inconsidérées, combien n'en est-il pas qui font le bonheur d'un époux, par une conduite sage et réservée ; car, en dépit des railleurs, l'hymen est un lien dont les charmes sont bien appréciés des cœurs purs et délicats. Son flambeau n'allume point, il est vrai, ces violens incendies qui consument et ravagent ; mais ce feu qu'il communique, s'il est moins rapide et moins ardent, est plus constant et plus durable. Il s'alimente du sentiment de la maternité, par l'estime, par la confiance, par un partage continu de plaisirs et de peines, enfin par une foule de sentimens purs et respectables que l'amour seul, livré à sa fougueuse indépendance et dégagé des liens sacrés du devoir, ne saurait jamais éprouver. La tendresse conjugale s'accroît et se fortifie avec le temps, tandis que l'amour est condamné à s'éteindre par sa violence même.

ERT, comte de Paris,
ût 1838.
LOUIS-EUGÈNE-FERDI-
duc de Chartres, né à
bre 1840.
IPPE-RAPHAEL, duc de
ris le 25 octobre 1814,
le 27 avril 1840, à la
IRE DE SAXE-COBOURG,

ND - PHILIPPE - LOUIS -
Joinville, né à Neuilly

IPPE-LOUIS, duc d'Au-
vier 1822.
LIPPE-LOUIS, duc de
31 juillet 1824.
CAROLINE-LÉOPOLDINE
3 juin 1817.

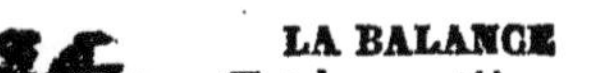

SEPTEMBRE.

LA BALANCE

Est le septième signe du zo-
diaque, qui commence le 22
septembre jusqu'au 22 octobre.
Ceux qui naissent sous cette constella-
tion sont d'un caractère doux et pacifique,
sans cependant jamais transiger avec la
lâcheté et le déshonneur. Le beau sexe,
enclin un peu aux plaisirs, mais doué
d'une grande modestie et d'un esprit péné-
trant.

OCTOBRE.

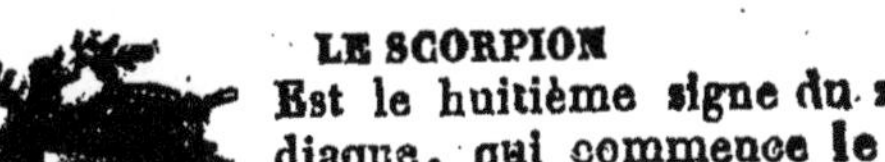

LE SCORPION

Est le huitième signe du zo-
diaque, qui commence le 23
octobre jusqu'au 21 novembre.

Quand Lise parut à la cour,
On crut voir la mère d'Amour.
Chacun s'empressa de lui plaire,
Et chacun l'avait à son tour,
Et n'en faisait aucun mystère.

Paris: — Imprimerie Le Normant, rue de Seine, 8.

www.ingramcontent.com/pod-product-compliance
Ingram Content Group UK Ltd.
Pitfield, Milton Keynes, MK11 3LW, UK
UKHW020313130726
13696UKWH00003B/1036